„Fügt dem Land,
dem Meer und den Bäumen
keinen Schaden zu"

Johannes, Geheime Offenbarung 7,3

Herstellung:
Adolf Holzhausens Nfg.
1070 Wien, Kandlgasse 19-21
Printed in Austria

Umschlag und Zeichnungen (bis auf Seite 14)
Antonio Robson Da Silva
S. 14: Von einem Tellerwäscherkollegen im Bäcka Hästen

ISBN 3-900518-06-8

HERMANN NEUGEBAUER

Mein Freund
ACHMED

Erinnerungen
Erzählungen
Märchen

Mit herzlichem Dank für die gute und lange Zusammenarbeit!

[illegible]

Meiner Frau und meinen Kindern
in Liebe

INHALT

---

*) Erstpublikation 1970, 1974 und 1978 in Österr. Ärzteztg.

MÄRCHEN FÜR KINDER UND ERWACHSENE

Zum Geleit

Ich bin hauptberuflich weder Dichter noch Schriftsteller. Ich bin Arzt, ein Beruf, der mir kaum Zeit läßt, mich mit anderen Dingen zu beschäftigen. Manchmal aber habe ich ein Erlebnis, das mich innerlich mehr als gewöhnlich beunruhigt.

So stieg ich eines Tages allein auf die Scheichenspitze, einen Berg des Dachsteinmassives und fand am Fuße einer Felswand die Reste eines großen Holzkreuzes. Auf meine Erkundigung erzählte mir die Wirtin, daß dies ein „katholisches" Kreuz sei, das vor gar nicht allzu langer Zeit von den „Lutherischen" vom Gipfel hinabgestürzt worden war, um Platz für ein „evangelisches" Kreuz zu schaffen. Nachdem ich viele Jahre den Sommer in der Gegend verbracht und mit zahlreichen älteren Menschen darüber gesprochen hatte, drängte es mich, eine „Erzählung" zu schreiben.

So entstand „Das Gipfelkreuz".

Oder: ein entfernter Verwandter von mir, dessen Familiengeschichte mir aber gut bekannt ist, war der Dichter des stark nationalbewußten Liedes „Die Wacht am Rhein". Fast muß es als Hohn der Geschichte betrachtet werden, daß dieser Mann ein Jude war und im KZ umkam. Auch hier konnte ich nicht widerstehen, sein Schicksal aufzuzeichnen.

Doch genug davon. Ich schreibe nicht, um irgend jemanden meine Meinung aufzudrängen, nicht, um zu belehren, nicht, um berühmt zu werden; nein, ich schreibe, um selbst über manche Frage Klarheit zu gewinnen oder auch, um einen Weg aus dem Dickicht wirrer Gedanken zu suchen. Doch alles, was ich schreibe, kommt mir aus dem Herzen.

Nicht sicher ist jedoch, ob es aus dem „guten" oder aus dem „bösen" Teil meines Herzens kommt. Denn kein Mensch ist nur „gut", keiner nur „böse".

Uns allen droht mitunter die große Gefahr, in der Hast des Alltages weder gut noch böse zu sein, sondern nur noch seelen- und gedankenlose Rädchen in einem Getriebe, das uns weder zum Denken noch zum Fühlen Zeit und Ruhe läßt.

Gottes Odem umweht nicht nur den Menschen, sondern auch jedes Tier, jede Pflanze, jeden Stein. Wer diese meine Überzeugung mißverstehen will, der lege das Büchlein aus der Hand. Denn ich bin nicht am Ziel, sondern auf dem Weg. Auf einem Weg, der, wie ich hoffe, zwar vom Glauben „markiert" ist, doch ist diese „Markierung" im Nebel der „Unruhe des Herzens" oft nur schwer zu erkennen.

Darum verzeiht, wenn es manchmal scheint, daß ich den rechten Weg verloren habe.

Solltet Ihr aber das eine oder andere Mal schmunzeln oder Euch gar freuen, sollte die Lektüre Euch eine Träne entlocken oder vielleicht sogar „geistiges Vergnügen" bereiten, so wäre ich darob glücklich.

Reichen wir einander die Hände und verlassen wir gemeinsam den geisttötenden Trott des grauen Alltages.

Freuen wir uns, daß wir leben!

Wien, am 16. November 1989, dem Tag, an dem ich zum ersten Mal Großvater wurde.

Ihr

Erinnerungen

Das Quartett

Nicht jedem Arzt ist sein späterer Beruf schon in die Wiege gelegt. Von Ärztedynastien abgesehen, bei denen am Beruf und an der selbstverständlichen „Berufung" des Sohnes keinerlei Zweifel bestehen, mag in nicht so wenigen Fällen auch der Zufall eine gewisse Rolle spielen; oder Erlebnisse anderer Art, die die Sicherheit eines schon vorgezeichneten Weges erschüttern und den unsicher gewordenen Jüngling in die Arme der Mutter Medizin treiben.

Schon bald, nachdem ich das Alter, in dem jeder Bub Rauchfangkehrer oder Lokomotivführer werden will, hinter mir hatte, beschloß ich, Musiker zu werden.

Geiger.

Natürlich Virtuose.

Meine Eltern leisteten mir den besten Lehrer, der mein Talent bestätigte.

Bald fand ich mich mit drei Gleichgesinnten zu einem Quartett zusammen. Eines Tages sollten wir im Rahmen eines Weihnachtskonzertes öffentlich auftreten.

Nach dem Motto, lieber Leichtes gut zu spielen als Schweres schlecht, wurde für unser jugendliches Quartett etwas ausgesucht, das „ins Ohr" geht. Das *Volksliedchen* und das *Märchen* von Komzák. Jene zwei kleinen Melodien, die so ziemlich für alle Möglichkeiten instrumentiert und zumindest seinerzeit häufiger gespielt wurden als heute.

Da aber auch wir eine „revolutionäre" Jugend waren, hatten wir uns ausgemacht, die allgemein übliche Reihenfolge auf den Kopf zu stellen und nicht zuerst das *Volksliedchen* und dann das *Märchen*, sondern zuerst das *Märchen* und dann das *Volksliedchen* zum besten zu geben.

Wir traten auf.

Freundlicher Applaus. Das letzte Stuhlbeinscharren und Hüsteln. Das vollkommen überflüssige Nachstimmen der ohnedies gestimmten Instrumente, wobei wir uns wohlweislich hüteten, an den ergriffenen Wirbeln wirklich zu drehen. Das Ansetzen der Instrumente. Erwartungsvolle Stille.

Als erster Geiger für den Takt verantwortlich, gab ich mit dem Kinn den Einatz.

Wie ausgemacht, begannen meine drei Kollegen mit dem *Märchen,* doch ich, ich hatte im Lampenfieber auf unsere „Revolution" vergessen und spielte frischfröhlich das *Volksliedchen.*

Zu unserer Ehre sei gesagt, daß wir den Irrtum schon im zweiten Takt bemerkten und schlagartig absetzten.

Ich schielte ins Publikum und sah meine Eltern in der dritten Reihe; sie sahen etwas kleiner aus als vor wenigen Minuten.

Doch wir vier Musiker waren nicht nur Demokraten, sondern auch tolerant. Keiner beharrte auf seinem Recht.

Wir setzten sofort wieder ein; diesmal meine Kollegen mit dem *Volksliedchen* und ich mit dem *Märchen.*

Nun kam Unruhe ins Publikum.

Ein verzweifelter Versuch im dritten Takt, eine gemeinsame Linie zu finden, mißlang, da das Hinübergleiten von einer Melodie in die andere weder geprobt noch abgesprochen war und mangels einer entsprechenden Synchronisierung kläglich mißlang.

Neuerliche Zwangspause.

Der Cellist drückte seine feuchten Hände an die Hosenbeine, die anderen drei versuchten, die Kinnhalter ihrer Instrumente unbemerkt trockenzulegen.

Mit einem kurzen Blick ins Publikum sah ich meine Eltern weiter geschrumpft.

Im allgemeinen Gemurmel versuchten wir nun eine gemeinsame Basis zu finden.

Vergebens.

Dem Weinen näher als dem Lachen, setzten wir ein drittes, schreckliches Mal den Bogen an.

Nun ging die Front quer durch das Quartett. Das Cello und die Viola spielten dumpf das *Märchen*, die beiden Geigen hell das *Volksliedchen*.

Sollten wir aufstehen und fortgehen?

Doch nicht wir, einige Zuhörer verließen den Saal.

Das gab unserem Cellisten die Fassung wieder: „Wir spielen das *Volksliedchen* von Komzák!", rief er beschwörend halb in den Saal, halb zu uns. Für das Publikum ein erlösender Programmhinweis, für uns ein kategorischer Imperativ.

Und diesmal gelang es.

Der Applaus war „herzlich". Von einer Draufgabe nahmen wir Abstand ...

Ich weiß nicht, ob dieses Weihnachtskonzert unseren weiteren Lebensweg tatsächlich beeinflußt hat. Wir vier spielten jedenfalls nie wieder miteinander.

Als wir uns nach Jahren bei einer Maturafeier trafen, waren zwei Theologen geworden, die beiden anderen, darunter auch ich, Mediziner.

Ärzte, die es manchmal bitter nötig haben, sich mit ihren Instrumenten zu trösten.

Doch allein.

Ohne Publikum ...

KAHÄSTEN
BA
Essad

Ein Boxkampf

„Das ist Pierre aus Belgien", stellte die „Husfru"[1]), wie die Chefin hier in Stockholm genannt wurde, den neuen Tellerwäscher vor. Wir gaben ihm die Hand und sagten „Hej!" Wir, das waren: Roman und Heinz, meine beiden Medizinerkollegen aus Wien; Antonio, ein schwarzhaariger Italiener; René, ein Maler aus Paris; Antje und Mintje, zwei dralle Holländerinnen und Leisa, eine kleine, süße Finnin, die mir schöne Augen machte; und ich, Maschinist und Chef der Tellerwäscher.

„Hej!", sagten auch die Köche und Hilfsköche des „Bäcka Hästen", wie unser Restaurant hieß, ohne allerdings dem Neuen die Hand zu reichen, während ihm die schwedischen Mädchen von der „Kalten Küche", wo die Salate angerichtet und die schwedischen „Butterbrote" belegt wurden, unter lautem Kichern ein paar Kußhändchen zuwarfen. Der dänische „Köksmästare"[2]) der „Küchenmeister", der als Gott über dem Ganzen thronte, nickte unmerklich mit dem Kopf.

„Führ ihn in die Arbeit ein!", gebot mir die Hausfrau und entschwand aus der Küche.

Doch der Neue ließ sich nicht einführen. „Ich komme aus dem Dramaten, wo ich Maschinist war und ich will auch hier wieder Maschinist sein!", stellte er kategorisch fest.

Roman und Heinz sahen mich gespannt an. Der Neue war ein paar Jahre älter als ich, einen Kopf größer, hatte doppelt so breite Schultern und machte keineswegs den Eindruck eines allzu freundlichen Zeitgenossen.

---

[1]) Sprich: Hüsfrü = Hausfrau (unübliche Form. Richtiger wäre Husmoder oder kurz „Husmor" = Hausmutter.

[2]) Betonung auf der ersten und zweiten Silbe.

Warum er an die Maschine wollte, wußte ich genau:

Wer die große Geschirrspülmaschine bediente, diktierte nicht nur das Tempo und teilte die Arbeit aller anderen ein, sondern verdiente auch besser. Der Maschinist hatte den einzigen „Fulltimejob". Er allein bekam sämtliche Stunden von der Frühe bis Mitternacht bezahlt. Die anderen mußten in den stillen Zeiten, z.B. vor und nach dem Lunch, spazieren gehen und erhielten nur die tatsächlichen Arbeitsstunden vergütet.

Seit einigen Wochen hatte mir die Hausfrau diese Aufgabe übertragen, und da ich, „sozial" denkend, wenn niemand hersah, bereits gewaschenes und getrocknetes Geschirr ein zweites oder sogar drittes Mal durch die Maschine laufen ließ, um meinen Kollegen noch die eine oder andere Stunde bezahlter Arbeit zu verschaffen, waren alle einverstanden und keiner rüttelte an meiner Position.

So lehnte ich den Vorschlag von Pierre kühl ab und erklärte, weiter an der Maschine bleiben zu wollen. Er aber sagte: „Kommt nicht in Frage! Wenn du nicht freiwillig deinen Platz räumst, dann boxen wir die Sache eben aus. Fair und anständig!"

„Ausboxen?", ich sah ihn nachdenklich an. Der Mensch war gegen mich ein kleiner Riese. Ein Boxkampf mit diesem Enakssohn und noch dazu ohne Handschuhe?

Er grinste mich an und schlug mit der rechten Faust wie ein Schimpanse auf seinen linken, bretthart gespannten Bizeps, daß es dröhnte. „Also, Boy, was meinst du?", wollte er wissen, „Gehst du freiwillig oder wollen wir boxen?" Dabei machte er einige Boxschritte und schlug ein paar Uppercuts gegen einen imaginären Gegner.

Ich fragte vorsichtig: „Wann und wo?"

„Wann?", gab er zur Antwort, „Sofort! Und wo? Hier, in der Küche!"

„Jawohl, ausboxen!" schrie René, der mich nicht besonders mochte, da er als mein Vorgänger an der Maschine kläglich versagt hatte, weshalb die Hausfrau damals mir den Posten übergab.

„Ausboxen, das ist fair und korrekt!!"

Damit kam Bewegung in die Szene.

„Ein Boxkampf!", lachten die Holländerinnen und klatschten in die Hände.

„Prima, primissima!" schrie der Italiener und schlug sich auf die Schenkel.

Da gerade die stille Küchenstunde begann, waren auch die Köche begeistert und die schwedischen Mädchen warfen Kußhändchen bald mir, bald Pierre zu. Im Nu hatten alle einen Ring um uns gebildet.

Der Oberkoch sagte: „Ich bin der Ringrichter, denn ich habe früher viel geboxt. Wenn ich sage — go on — geht es los. Kommt es zu keinem K.O., entscheide ich, wer Punktesieger ist. Wer gewinnt, dem gehört die Stelle an der Maschine!"

Waren denn alle wahnsinnig geworden? Die ganze Bande jubelte, wie bei einem Volksfest. Ob **ich** boxen wollte oder nicht, interessierte keinen.

Ja, es wurde noch schöner. Ein englischer Hilfskoch hatte die glanzvolle Idee, hic et nunc ein Wettbüro zu eröffnen, bremste den Chefkoch für einen Augenblick ein und erklärte, daß man vor diesem Kampf, dem größten des Jahrhunderts in der Küchengeschichte des Bäcka Hästen, auch wetten und setzen könne. Auf Hermann oder Pierre. „Wer setzt und wie hoch?"

Wir wurden aufgefordert, die Oberkörper frei zu machen. Nachdem sie uns mit prüfenden Blicken gemessen hatten, setzten alle auf Pierre.

Alle, bis auf drei. Meine beiden Wiener Kollegen verhielten

sich neutral und erklärten, gar nicht setzen zu wollen, und die kleine Leisa sah mich nur mit schreckgeweiteten Augen an. Der Engländer aber rief: „Wenn alle auf Pierre setzen, ist Wetten sinnlos! Man muß auch auf Hermann setzen, schaut ihn an, er ist doch recht sportlich!"

Das brachte die kleine Leisa zur Besinnung, sie griff in die Tasche und brachte eine Schwedenkrone zum Vorschein. „Ich setze auf Hermann!", flüsterte sie verschämt, und alle klatschten begeistert und schlugen ihr auf die Schultern. „Das ist zuwenig", erklärte jedoch der Engländer, „ich habe hier 21 Kronen auf Pierre gegen 1 Krone auf Hermann".

In diesem Augenblick betrat die Hausfrau die Küche.

Sie wird mich retten, schoß es mir durch den Kopf. Sie kann den Kampf nicht zulassen.

Sie aber ließ sich den ganzen Wirbel erklären, sah mich dann nachdenklich an, nickte mir aufmunternd zu und sagte zu meinem größten Entsetzen: „Ich setze 20 Kronen auf Hermann, dann steht es 21 : 21; seid ihr jetzt zufrieden?"

Ein Jubelschrei war die Folge.

Ich aber schickte im Stillen ein Stoßgebet zum heiligen Judas Thaddäus, meinem Spezialheiligen, der mir schon mehrmals geholfen hatte, empor.

Dachte denn keiner daran, daß ein Boxkampf ohne Handschuhe tödlich enden kann oder zumindest mit schweren Verletzungen, z.B. einem gebrochenen Kiefer?

Offenbar waren hier alle verrückt.

Ich hatte noch nie in meinem Leben ernsthaft geboxt, sollte ich hier in dieser blöden Küche im Ausland meine Seele aushauchen? Nur deshalb, weil ich in den Ferien ein wenig Geld fürs Studium hatte verdienen wollen? Es wäre viel gescheiter gewesen, daheim zu bleiben!

Doch zum Nachdenken hatte ich keine Zeit mehr. „Anfangen, anfangen!", heulte die Meute, und wir nahmen Aufstellung.

Damit der interessierte Leser das Folgende besser verstehen kann, muß ich die örtliche Situation kurz schildern: Die Küche war durch eine Pudel in zwei Teile geteilt. Auf der einen Seite war das Reich der Köche, auf der anderen das der Tellerwäscher sowie der herbei- und forteilenden Kellner. Um von dem einen in den anderen Bereich kommen zu können, war die Pudel gegen das eine Ende zu unterbrochen, wobei diese Unterbrechung meist, so wie auch jetzt, durch eine herabgeklappte Tischplatte verschlossen war.

Pierre und ich nahmen neben dere Pudel Boxerstellung ein, der Schiedsrichter und die Zuschauer standen im Halbkreis um uns herum.

Ein kurzer Blick auf Leisa zeigte mir, daß sie eine Faust in den Mund gesteckt hatte und auf den Knöcheln kaute.

„Go on!", fiel das Kommando des „Ringrichters", für mich wie eine Posaune des jüngsten Gerichtes.

Ich sah vor meinen Augen nur die zottige Brust des großen Belgiers. Wenn schon, denn schon, dachte ich, wer angreift ist im Vorteil und schlug eine rechte Gerade genau auf seinen Magen.

Er wich aus, ging einen Schritt zurück und ... war im nächsten Augenblick mit einem furchtbaren Krach verschwunden.

Was war denn das?

Ich hatte ihn nur ganz leicht getroffen, er aber war gestürzt und genau dort, wo die Pudel das Loch hatte, unter die Tischplatte in den Durchgang geflogen, wo er mit verdrehten Gliedern und halb betäubt liegen blieb.

Offenbar hatte er sich den Kopf an einer Ecke angeschlagen.

Einen Augenblick lang herrschte stummes Entsetzen.

Der Ringrichter begann zu zählen: „One, two, three, four, five..." Da öffnete Pierre die Augen und sah uns völlig erstaunt an.

Auf einmal begann Leisa herzlich zu lachen, ihre ganze Angst und Spannung löste sich, sie lachte und lachte, daß ihr die Tränen über das Gesicht liefen; dieses Lachen steckte die anderen an und es begann ein geradezu homerisches Gelächter. Kein Mensch hörte mehr auf das Zählen des Ringrichters.

Nicht mein Schlag, aber dieses Ausgelachtwerden gab Pierre den Rest. Er kroch unter seiner Pudel hervor, reichte mir kurz die Hand, nahm sein Gewand und verschwand aus der Küche und aus meinem Leben.

Leisa aber nahm mich an der Hand und zeigte mir das große, grüne Salatblatt, auf dem Pierre ausgerutscht war.

„Hast Du es hingelegt?", fragte ich mit gespielter Strenge, sie aber schüttelte das Köpfchen und hob die Hand zum Schwur. In einer Küche käme so etwas eben vor.

Einen Augenblick mußte ich an meinen Schutzheiligen denken. Ob **er** für das Blatt vielleicht verantwortlich war?

Dann gab ich Leisa einen Kuß auf den noch immer lachenden Mund, was mir einen strafenden Blick der Hausfrau einbrachte. Rasch bedankte ich mich auch bei ihr durch einen feierlichen Handkuß für ihr Vertrauen, was sie vollauf versöhnte.

Sie verzichtete sogar auf ihren Gewinn und nahm nur den Einsatz zurück.

Der Engländer gab Leisa die so gewonnenen 21 Kronen, die sie unbedingt mit mir teilen wollte.

Nun aber wurde die Chefin energisch. „An die Arbeit, an die Arbeit!" rief sie und klatschte in die Hände.

Ich aber versprach, während ich die große Maschine wieder in Gang brachte, dem heiligen Judas Thaddäus, nie wieder in meinem Leben zu boxen, ein Versprechen, das ich bis heute getreulich gehalten habe.

Gewitter

Vor so manchem Gewitter brennt die Sonne unbarmherzig vom Himmel; auch ist die Luft elektrisch geladen und in manchen Köpfen gehen die Gedanken im Kreis.

Als ich ein Kind war, wohnten wir in Wien-Döbling. Am Nußberg hatten wir einen Garten. Fast täglich ging oder fuhr mein Vater in diesen Garten, wo er das Gras mähte, Bäume schnitt und Unkraut zupfte. Wenn mein kleiner Bruder Gerhard, wegen seiner großen Augen meist „Gucki" genannt, und ich mitfahren wollten, so nahmen mein Vater und ich die Fahrräder. Gucki setzten wir in die Straßenbahn, sagten: „Warte brav bei der Endstation" und radelten, so rasch es ging, nach Nußdorf. Dort holten wir ihn bei der Endstation der Linie „D" ab und stiegen gemeinsam den Nußberg hinan.

Eines schönen Tages war es wieder soweit. Gucki wurde zur Straßenbahn gebracht, ermahnt, brav zu warten, und wir radelten los.

Es war ein ganz besonders heißer Tag und die Sonne brannte unbarmherzig von einem wolkenlosen Himmel. Wir keuchten auf den Rädern dahin und ich dachte, daß es doch ein Unsinn sei, an einem so schönen Tag im Garten zu arbeiten. Als wir nach Nußdorf kamen, meinte ich deshalb: „Papa, müssen wir wirklich bei dieser schrecklichen Hitze in den Garten fahren?"

„Hast du einen besseren Vorschlag?" wollte Papa wissen.

„Gehen wir doch an der Donau spazieren oder besser, fahren wir in das Kuchelauer Bad!"

Die Hitze muß schon sehr groß gewesen sein. Denn mein Vater dachte ebensowenig wie ich an den kleinen Gucki und stimmte zu.

„Also gut, fahren wir in die Kuchelau baden!"

Wir schwenkten nach rechts ab und erreichten bald den Radweg in die Kuchelau, einem blinden Seitenarm der Donau. Dort gab es damals ein sehr schönes Strandbad mit zahlreichen Turngeräten und allem Drum und Dran. Das Baden war eine Wohltat, und vor der glühenden Sonne konnte man sich im Schatten alter Platanen schützen.

Zwei oder drei Stunden mögen so angenehm vergangen sein, als sich plötzlich die Sonne verfinsterte. Ein schwarzes Gewitter stieg am Himmel auf. Jetzt wußten wir, warum die Sonne gar so gestochen hatte. Wir zogen uns rasch an. Wenn wir trocken bleiben wollten, war es höchste Zeit, zurück nach Nußdorf zu fahren und im Gartenhäuschen Schutz zu suchen.

Schon hatten die Wolken den ganzen Himmel überzogen. Es wurde dunkel und heftige Windstöße kündigten das Gewitter an. Wir fuhren rasch dahin, erreichten Nußdorf und schoben die Räder die letzten Meter hinauf zur Endstation der Straßenbahnlinie „D".

Plötzlich blieb ich stehen.

„Papa!" schrie ich, bleich vor Schreck, „Papa, unser Gucki!"

„Mein Gott!" stieß mein Vater hervor, „den haben wir total vergessen! Du mit deinem blöden Baden!"

„Wir haben gesagt, er soll brav warten, vielleicht steht er noch im Wartehäuschen!"

„Jetzt, nach drei Stunden?" Mein Vater pfiff unseren Suchpfiff, doch nichts rührte sich. Wir liefen, so rasch es ging, zum Wartehäuschen. Kein Kind weit und breit. Mein kleiner Bruder war spurlos verschwunden.

Wir begannen die Tramwayschaffner und andere Leute zu befragen, ob sie ein Kind gesehen hätten, das hier gewartet, lange gewartet und vielleicht auch geweint habe, doch niemand hatte etwas bemerkt. Manche fragten uns, wieso das

Kind so lange gewartet habe, doch wir wagten den Leuten nicht zu sagen, daß wir den Kleinen vor drei Stunden in die Straßenbahn gesetzt und dann einfach vergessen hätten. Also, was tun?

Mein Vater war furchtbar aufgeregt, versuchte aber, es nicht zu zeigen. „Paß auf", sagte er, „ich laufe, so rasch ich kann, in den Garten; Gucki kennt den Weg, vielleicht ist er hinaufgegangen. Du aber fährst nach Hause, schauen, ob er dort ist. Sobald ich draußen bin, rufe ich vom Nachbarn an. Was wir dann tun, weiß ich noch nicht. Beeil dich, aber paß auf!"

Ich nickte und schwang mich aufs Rad. Schon schwärzten große Regentropfen das Pflaster. Dann ein Blitz und ein Donner und im gleichen Augenblick begann ein Wolkenbruch, wie er sonst nur in den Tropen üblich ist. Alle Menschen flüchteten von der Straße. Ich aber zog meinen Kopf zwischen die Schultern und fuhr, der vom Himmel herabstürzenden Wassermassen nicht achtend, wie ein Wahnsinniger nach Hause.

Als ich, naß bis auf die Haut, ankam, stand meine Mutter beim Haustor.

Ich warf das Rad auf die Erde. „Ist Gucki da?"

Meine Mutter sah mich an und schwieg.

„Wir haben ihn bei der Endstation vergessen!" stieß ich hervor, „er war jetzt fort, weißt du nicht, wo er ist?"

Noch ein paar Sekunden Schweigen. Dann sagte meine Mutter leise: „Er ist hier. Ich weiß alles. Dein Vater hat schon angerufen. (Sie sagte „dein Vater" und nicht wie sonst „Papa"). Geh hinauf und zieh dich um, sonst wirst du noch krank!"

Ein bißchen freundlicher hatte ich mir den Empfang nach meiner heldenhaften Fahrt durch das Unwetter schon vorgestellt. Immerhin, die Hauptsache, Gucki war gefunden.

Da meine Mutter ziemlich wortkarg war, erzählte mir meine Schwester, was sich ereignet hatte.

Sie waren friedlich daheim gesessen, als das Telefon läutete. Meine Mutter hob ab und hörte zuerst eine Dame „einen Augenblick" sagen und dann die verweinte Stimme des kleinen Gucki: „Mama, ich steh schon so lange hier und der Papa und der Hermann kommen nicht!"

Meine Mutter erschrak zutiefst: „Was, du stehst noch immer bei der Endstation? Die zwei sind nicht gekommen? Da muß ein Unglück geschehen sein! Bleib, wo du bist, ich hole dich ab. Ich komme mit der Straßenbahn! Warte auf mich!"

Meine Schwester hatte mitgehört: „Ich fahre mit, ich fahre mit!" Sie hasteten zum D-Wagen. Endlich kam ein Zug. Knapp vor Nußdorf heulte ein Rettungswagen vorbei. „Das waren sie!", schrie meine Schwester, „fahr du weiter, ich frage bei der Polizei." Sie sprang aus dem Wagen und lief zum Wachzimmer. Doch dort wußte man nichts von einem Unfall von zwei Radfahrern.

Inzwischen hatte meine Mutter den kleinen Gucki geholt und sie fuhren gemeinsam nach Hause. Dann riefen sie unseren Nachbarn vom Garten an, der natürlich erklärte, daß niemand im Garten sei. Er hätte auch niemanden gesehen. Mein Vater und ich waren demnach auch verschwunden.

Endlich, nach Stunden erfolglosen Wartens und größter Nervosität meldete sich mein Vater beim Telefon und fragte nach Gucki. Was meine Mutter sagte, weiß ich bis heute nicht, kann es mir aber vorstellen. Wird wohl auch ein Gewitter gewesen sein ...

Dann begann das echte Unwetter und Großmutter stand beim Fenster und sah hinaus.

Plötzlich meinte sie: „Da kommt ein Verrückter am Fahrrad,

mitten im ärgsten Wetter. Der muß nicht schlecht spinnen!" Dann erkannten sie mich.

Wann immer wir aber in der Folge mit Gucki fortgingen, hörten wir die Mahnung: „Vergeßt das Kind nicht!"

Eine Mahnung, die mein Vater in der ersten Zeit zwar als Buße hinnahm, dann aber zunehmend ärgerlich beantwortete: „Ich weiß, ich weiß, jetzt könntest du damit aber wieder einmal aufhören!"

Da meine Mutter eine kluge Frau war, hörte sie damit wirklich auf. Mir aber flüsterte sie noch jahrelang ins Ohr: „Bitte, vergeßt ihn nicht!"

Bis mein Bruder eines Tages unwillig erklärte, daß er nun groß genug sei, um auf sich selber aufpassen zu können.

Ave Maria

Käthe war siebzehn und studierte Gesang. Ich war achtzehn, angehender Mediziner, heftig verliebt und spielte ein wenig Klavier. Wenn ich sie am Flügel begleitete, stand sie hinter mir, die linke Hand auf meiner rechten Schulter und sang Arien, Lieder oder was uns gerade freute.

Mitunter gefiel es ihr, sich vorzuneigen und mir pianissimo ins Ohr zu singen; dann begnügte ich mich mit einer andeutungsweisen Begleitung oder ich ließ meine Hände ganz still auf den Tasten ruhen. Oder anderswo.

Ihre Eltern kamen mit einer gewissen Regelmäßigkeit ins Musikzimmer, manchmal, um völlig überflüssigerweise zu applaudieren, dann wieder, um uns durch ebenso unnötiges Hüsteln zur Musik zurückzuführen.

Im Bezirk sprach man von einer kommenden Sopranhoffnung und meinte, daß ich ihr Korrepetitor sei. So war es kein Wunder, daß man uns eines Tages einlud, öffentlich aufzutreten. Im Rahmen einer Benefizveranstaltung sollte Käthe das *Ave Maria* von Schubert singen und ich sie begleiten. Es war kurz nach Beendigung des Zweiten Weltkrieges und solche Veranstaltungen standen hoch im Kurs. Damals gab es in Döbling schon lange das „Casino Zögernitz" – z. B. hatte hier Johann Strauß im Jahre 1848 die Marseillaise dirigiert – und der große Ballsaal war als Konzertsaal hergerichtet.

Wir traten auf. Meine Schwester Gertraud, die das Umblättern besorgen sollte, und ich nahmen Platz. Käthe trat einen Schritt vor.

Da flüsterte meine Schwester: „Hast du den Flügel stimmen lassen?" Eine gute Frage, nur ein wenig spät. Wir hatten ja nicht einmal im Saal proben können, denn tagsüber hielten sich hier die Angehörigen der amerikanischen Besatzungsmacht, kurz „Amis" genannt, auf. Von Ausnahmen, wie z.B. dem heutigen Abend abgesehen, war das ganze Gebäude für Österreicher „off limits". Selbstverständlich waren auch jetzt gummikauende Uniformierte anwesend.

Ich zuckte unwillig mit den Schultern. Selbstverständlich hatte Traudl recht, aber wäre das Klavierstimmen nicht Sache der Veranstalter gewesen? „Off limits" hin, „off limits" her? Also begnügte ich mich damit, ein Stoßgebet zum Himmel zu schikken: „Heilige Maria, laß das Klavier nicht allzu verstimmt sein!"

Im Saal wurde es ruhig, und Käthe raunte: „Vergiß nicht!" Dann schenkte sie mir ein strahlendes Lächeln, blickte huldvoll ins Publikum und gab mir das Zeichen zum Einsatz. Natürlich wußte ich, was sie meinte. Wenn Käthe beim Singen neben oder hinter mir stand, konnte sie den Text der Lieder ohne Mühe mitlesen; doch vor fünf Minuten hatte sie mir gestanden, daß sie sich die drei Strophen des Ave Maria noch nie habe merken können. Als Zeichen hatten wir rasch ausgemacht: sobald sie den kleinen Finger der rechten Hand wegstrecke, sei es höchste Zeit, ihr beim Text zu helfen.

Ich begann mit dem Vorspiel. Wunderbarerweise war der Flügel recht ordentlich gestimmt, aber — und das war genauso schrecklich — es fehlten ihm einige Töne. Gerade die wichtigsten. Manchmal der Baß, meist aber die Leittöne der gebrochenen Akkorde für die rechte Hand.

Schweißperlen traten auf meine Stirne.

Auch Traudl hatte die Situation blitzartig erfaßt und hauchte: „Da fehlen ja Töne!" Wie recht sie hat, dachte ich grimmig. Käthe drehte langsam den Kopf, sah mich zuerst fragend, dann aber tröstend an und setzte ein:

„Ave Maria, Jungfrau mild! Erhöre einer Jungfrau Flehen,

aus diesem Felsen starr und wild, soll mein Gebet zu dir hinwehen ...“

Gott sei Dank. Sie ließ sich nicht irritieren. Ihre helle Stimme schwebte durch den Saal und wirkte auf die Besucher wohl ebensosehr wie ihre Erscheinung.

Schon atmete ich auf, da — spreizte sie den kleinen Finger ab.

Nicht einmal die erste Strophe kann sie auswendig, schoß es mir durch den Kopf und ich flüsterte: „Wir schlafen sicher bis zum Morgen, ob Menschen noch so grausam sind ...“ Traudl gab mir einen Stoß: „Nicht so laut! Man kann dich ja hören!“

Käthe sang: *„Wir schlafen sicher bis zum Morgen, ob Menschen noch so grausam sind“*, und ohne den kleinen Finger zu bemühen, sang sie weiter *„O Jungfrau, sieh der Jungfrau Sorgen, o Mutter, hör ein bittend Kind. Ave Maria ...“*

Der Jungfrau Sorgen, daß ich nicht lache, dachte ich, und begann mit dem Zwischenspiel. **Meine** Sorgen solltest Du hören, Maria, m e i n e ! Mir fehlen die Töne, alle werden glauben, ich sei ein Nichtskönner, ein Patzer, ein Angeber. Wahrscheinlich haben die Amis dem Klavier ein paar Saiten entwendet, vielleicht, um ihren sogenannten Bräuten daraus Lokkenwickler zu drehen, jeder einzelne von ihnen „a son of a bitch“; besonders, wenn sie hier sitzen und meine Käthe anstarren, als ob sie sie zum Nachtmahl verzehren wollten.

Da kam der Einsatz zur zweiten Strophe. *„Ave Maria! Unbefleckt.“* Und schon wieder war er da, der kleine Finger! Nicht einmal die erste Zeile weiß sie. Ich wurde ärgerlich und zischte: „Wenn wir auf diesen Fels hinsinken, und uns dein Schutz bedeckt.“ Da spürte ich Traudls Knie an meinem Oberschenkel. „Leiser, leiser, ihr singt ja schon zweistimmig!“ Doch der kleine Finger heischte schon wieder Hilfe. Doch erst mußte ich Traudl ausschalten. „Sei doch ruhig!“, fauchte ich nach links, „ich irre mich noch!" Dann nach rechts: „Wird **hart** der **weiche** Fels uns dünken!" Da hatte ich es. Jetzt habe ich „hart" und „weich" vertauscht! Auch Käthe merkte es nicht gleich. Auch ihr dünkte der weiche Felsen hart. Bei den Zuhörern nicht die geringste Reaktion. Entweder war ihnen die Verwechslung nicht aufgefallen oder sie nahmen sie dem schönen Mädchen einfach nicht übel. Wahrscheinlich ist es den Amis auch ganz gleich, ob ein süßes Mädchen auf einem harten oder weichen Felsen liegt, wenn nur, ... heilige Maria, ich muß mich konzentrieren, sonst verliere ich noch völlig die Übersicht.

Käthe sang mit himmlischer Stimme: *„Du lächelst, Rosendüfte wehen ..."*

Kein Wunder, heilige Maria, daß Du lächelst! Ich würde auch lächeln, wenn ich da hinunterschaue und sehe, wie sich der arme Mensch hier am Klavier quält. Rechts eine Sängerin, die den Text nicht gelernt hat, links eine Schwester, die ständig mit dem Knie stößt und „leiser, leiser" flüstert und in der Mitte ein Flügel, dem die wichtigsten Töne fehlen! Käthe sang ohne meine Hilfe weiter: *„In dieser dumpfen Felsenkluft! O Mutter, höre Kindes Flehen, O Jungfrau, eine Jungfrau ruft! Ave Maria!"*

Also, in einer dumpfen Felsenkluft wäre ich jetzt weit lieber. Wie erholsam, wie herrlich müßte es in einer solchen Kluft sein. Geradezu paradiesisch. Doch immerhin, nur noch eine Strophe, dann haben wir es überstanden. Und nie, nie, nie mehr wieder trete ich öffentlich auf. Nicht hier und nicht in der Felsenkluft, in die man dieses elende Klavier am besten gleich hinunterstürzen sollte. Und alle Amis, die es ruiniert haben, auch dazu. Ein paar dahinten grinsen ohnedies hämisch. Na wartet, eines Tages wird auch euch das Grinsen vergehen! Die blonde Käthe, ja, die gefällt euch! Sie singt wie ein Engel und macht euch dazu blaue Augen! Wahrscheinlich bekommt sie dann Schokolade oder Nylons, mich aber sieht sie nie und nimmermehr. Zwischen uns ist es aus, aus, aus!

Der letzte Einsatz zur letzten Strophe: *„Ave Maria, reine Magd!"* Wo bleibt der kleine Finger? Wo? Ist ihr plötzlich der Knopf aufgegangen? *„Der Erde und der Luft Dämonen, vor deines Auges Huld verjagt, sie können hier nicht länger wohnen ..."*

Natürlich, jetzt ist er da, der kleine Finger. Hätte mich auch sehr gewundert. Ich möchte einsagen, doch ich sehe kaum noch etwas. Der Schweiß rinnt mir von der Stirne in die Augengläser. Traudl merkt es. Sie wischt mir rasch mit ihrem Taschentuch über die Stirne. Doch sehen kann ich trotzdem nichts mehr. Das stört aber nicht, denn ich, **ich** weiß den Text auswendig: „Wir woll'n uns still dem Schicksal beugen, da uns dein heil'ger Trost anweht ..." Ich weiß nicht, habe ich es geflüstert, geschrien oder nur gedacht. Wahrscheinlich nur gedacht. Denn plötzlich kam es über mich: „Wir woll'n uns still dem Schicksal beugen — dem Schicksal beugen." Ja, o Mutter Maria, auch das hier ist Schicksal für mich.

Man wird Käthe feiern und mich auslachen oder mitleidig lächelnd an ihrem Erfolg teilhaben lassen. Das ist auch gut so, denn ich liebe sie ja, ... oder nicht? War ich nicht eben noch maßlos erbittert und sogar eifersüchtig?

„Der Jungfrau wolle hold dich neigen, dem Kind, das für den Vater fleht!"

Meine Hände spielten mechanisch weiter. Da ich nichts mehr einsagte, wußte das blonde Kätchen die letzten Zeilen wunderbarerweise auch ohne meine Hilfe.

Traudl fuhr mir noch einmal mit dem Tuch über die Stirne.

Das Nachspiel, noch fünf Takte, noch vier, noch drei, noch zwei.

Ave Maria, es ist vorbei!

Beifall brauste auf. Käthe verneigte sich. Ich blieb sitzen. Die Amis sprangen auf und klatschten wie verrückt.

Standing ovations.

Da wandte sie sich um, ergriff meine Hand und zog mich Widerstrebenden nach vorne.

Doch ich war weit, weit weg; ich sah und hörte nichts mehr ...

Nordlicht

Das Messer, welches mir der Koch in die Hand drückte, sah gefährlich aus; wie ein Türkensäbel, nur noch stärker gekrümmt.

Wir standen vor einem mächtigen Holztisch, auf dem ein ungeheurer Haufen Fische lag, die sogar ich, als total Unkundiger, auf Grund ihrer Form als Schollen erkannte.

Roman, mein blaublütiger Freund aus Wien, stand ein wenig seitwärts und sah gespannt zu, wie ich hier im „Schwedischen Königlichen Yachtclub" auf Sandhamn, einer weit vor Stockholm in der Ostsee liegenden Insel, als Fischputzer in meine Arbeit eingeführt wurde.

„Na los!" ermunterte mich der Koch, als ich zögerte, „nimm einen Fisch und schneide ihm zuerst den Kopf ab!"

Eine ganze Woche waren Roman und ich in Stockholm herumgelaufen, um einen Ferienjob aufzutreiben, da wir für das Weiterstudium der Medizin in Wien Geld verdienen mußten; nichts hatten wir gefunden, gar nichts. Geld hatten wir fast keines mehr, der von meiner Mutter eingepackte Proviant war verbraucht und so waren wir endlich froh gewesen, als uns vom Arbeitsamt zwei Stellen hier auf dieser einsamen Insel mitten in der Ostsee angeboten worden waren: Ein Küchengehilfe (10 Öre pro Stunde) und ein Tellerwäscher (8 Öre pro Stunde).

Auf der Fahrt mit dem Schiff hierher hatten wir um die Jobs geknobelt: Roman sollte Tellerwäscher und ich Küchengehilfe werden. Warum auch nicht? Gemüseputzen, Kartoffelschälen, vielleicht auch Torten glacieren und dabei Schokolade schlekken — ich freute mich sogar schon darauf.

Doch nun? Dieser Haufen stinkender Fische? Ich hätte es mir

denken können; auf einer Insel mitten im Meer glaciert man als Küchengehilfe keine Torten, sondern man putzt Fische. Doch was half es? Das Los war auch mich gefallen und Roman hätte ohnedies nie mit seinen adeligen Fingern einen rohen Fisch angegriffen.

So packte ich herzhaft zu und ergriff die erste Scholle bei ihrer Schwanzflosse. Im gleichen Augenblick hätte mich fast der Schlag getroffen. Denn die vermeintlich tote Scholle schnellte aus meiner Hand und mit ihr erwachten alle ihre Kolleginnen. Sie begannen mit ihren Flossen zu schlagen und mit den Köpfen zu wackeln sowie die Mäuler und die Augen aufzureißen und wieder zu schließen. Das gesamte Küchenpersonal lachte über mein entsetztes Gesicht. Wer konnte denn ahnen, daß die Fische durch ihre große Menge soviel Feuchtigkeit hatten, daß diese reichte, um ihnen das Leben zu bewahren?

Der Koch nahm mir, noch immer lachend, das Messer aus der Hand, murmelte etwas von „unfähigen Studenten" und zeigte mir, was ich zu tun hätte.

Zuerst wurde dem zappelnden Fisch der Kopf abgeschnitten. Das störte scheinbar weder den Fisch noch den Kopf; denn der Kopf machte fleißig weiter das Maul und die Augen auf- und zu und der Rest schlug ebenfalls unverdrossen mit den Flossen herum. Erst, nachdem diese abgeschnitten und die Haut abgezogen war, beruhigte sich zumindest der zum späteren Verspeisen gewidmete Teil des Fisches.

Nie im Leben hatte ich eine ähnlich abstoßende Arbeit getan.

Mein Vorschlag, die Fische vorher zu erlösen, stieß auf vollkommenes Unverständnis. Deshalb ergriff ich selbst die Initiative und schlug jeden Fisch, bevor ich ihn herrichtete, mit dem Kopf auf die Tischplatte, so daß er wenigstens betäubt war.

So verging ein Tag nach dem anderen. Roman blühte als

Tellerwäscher auf und schäkerte während der Arbeit mit den hübschen schwedischen Mädchen. Eine, mit blonden Haaren und schwarzen Augen, genannt Eike, hatte es ihm besonders angetan. Ich aber stand vor dem Holztisch und betäubte und schlachtete einen Fisch nach dem anderen. Ich fühlte mich elend und beinahe wie ein Massenmörder.

Jeden Tag liefen herrliche Yachten in den Hafen ein. Die Besatzungen kamen im Abendkleid und Smoking in unseren Club, speisten und tranken und tanzten bis in die Frühe. Da der Tanzboden gerade über meiner Arbeitsstätte lag, hörte ich das Stampfen ihrer Füße und das Gejohle ihrer Stimmen, besonders, wenn sie, was häufig geschah, angetrunken waren.

War es ein Wunder, wenn auch ich halblaut vor mich hinzugrölen begann: „Schleift die langen Messer, schleift die langen Messer, schleift die langen Messer auf dem Bürgersteig! Wir woll'n die volle, volle, volle Diktatur des Prole-, Prole-, des gesamten Proletariats!"?

Oder: „Köpft die Konkubine, köpft die Konkubine, köpft die Konkubine im Tyrannenbett! Wir woll'n die volle, volle, volle Diktatur des Prole-, Prole-, des gesamten Proletariats!" und so weiter und so fort.

Ich kannte damals zahlreiche Strophen dieses schönen Liedes, doch wir wollen es mit den Zitierten genug sein lassen.

Nach zirka zwei Wochen Schinderei erreichte uns eines Tages eine Nachricht von Gerti. Gerti war auch Medizinerin, war mit unserer Gruppe nach Stockholm gekommen und hatte gleich am ersten Tag einen Job als „Gesellschaftsdame" bei einem der zahlreichen Millionäre des schwedischen Sozialstaates gefunden. Nun schrieb sie uns, daß ihr Arbeitgeber in zwei Tagen nach Sandhamn kommen würde; sie und ein paar junge Damen wären dabei und auch wir, als ihre Freunde, seien eingeladen, am Essen teilzunehmen und hierauf mit den Mädchen zu tanzen. Sorgen bräuchten wir uns keine zu machen, der „Chef" hätte für uns beide gute Stellungen als Bootswächter in seinem Privathafen. Gut bezahlte, leichte Arbeit.

Ich fiel Roman beinahe um den Hals. Schluß mit dem Fischemord, Schluß mit dieser Quälerei. Am folgenden Tag bereits sollte die Familie mit ihrer Yacht hier eintreffen. Wir kündigten unverzüglich unsere Stellung und machten uns fein.

Roman, der kein weißes Hemd hatte, erhielt eines von mir, dafür lieh er mir mit den feierlichen Worten: „Rot ist die Liebe und rot der Tomat, und rot ist der Schlips vom Sozialdemokrat!", einen dunkelroten Halspropeller. Dann begaben wir uns zum Hafen und warteten.

Der Vormittag verging, die Mittagszeit war vorüber. Kein Schiff weit und breit.

„Eigentlich klar", meinte Roman, „die Schweden haben die Hauptmahlzeit wie die Engländer am späten Nachmittag; wenn vom Essen die Rede ist, kann nur das Dinner gemeint sein." So hieß es also Geduld zu bewahren und weiter zu warten. „Gerti", so meinte Roman. „hat uns sicher nicht belogen".

Tatsächlich, gegen fünf Uhr erschien ein enttäuschend kleines Motorboot und vorne am Bug stand Gerti. Das Boot legte an, wir hielten es fest und belegten die Leinen. Gerti, die einen etwas unglücklichen Eindruck machte, aber offenbar im Augenblick nicht reden konnte oder wollte, gab uns die Hand; nach ihr spuckte der Bauch des Bootes ein Mädchen heraus, und noch eines, und noch eines, und wieder eines. Dann kam ein sommersproßiger Jüngling mit feuerrotem Haar und dann niemand mehr.

Wir begrüßten dieses Mädchenpensionat mit „Hallo" und „Hej", dann marschierten alle Richtung Club. Jetzt ergriff ich Gerti am Arm und hielt sie etwas zurück. „Was ist hier los? Wo ist der Chef? Was ist mit unseren versprochenen Jobs?"

Gerti zuckte verlegen die Schultern: Der Chef hätte keine Zeit gehabt, mitzufahren und über die Jobs sollten wir mit dem etwas dümmlich blickenden Jüngling reden. Er sei voll informiert.

Wenn das nur gut geht. Wir zogen in den Club wie ein Hochzeitszug ein. Den Eintritt von 8 Kronen pro Person zahlte der Jüngling. Dafür erhielten wir von jungen Mädchen jeder eine weiße Nelke und eine „goldene" Plankette mit den Buchstaben KSSS [1]) angesteckt. Beim Essen erfuhren wir, wer oder was die Mädchen waren. Eines war die Schwester, das andere die zukünftige Braut des Knaben und deren zwei Freundinnen. Mit Gerti also fünf weibliche Wesen. Und, obwohl die Schweden gar nichts daran finden, wenn zwei Mädchen miteinander tanzen, hatte man doch gedacht, daß der Abend vergnüglicher verlaufen würde, wenn wir zwei uns um den Großteil der jungen Damen kümmern würden, um dem Jüngling die Möglichkeit zu geben, sich intensiver seiner Braut widmen zu können. Oder vielleicht auch umgekehrt. Denn hier im kühlen Norden umwerben sehr oft die Mädchen die jungen Männer.

Im Speisesaal herrschte an unserem Tisch eine eigenartige Stimmung. Die Kellner, die genau wußten, wer wir waren, bedienten uns devot und höhnisch. Doch das Essen war exquisit; als es vorbei war, stießen wir mit den Gläsern, in denen der Schaumwein perlte, an und sagten „Skol!" Dann beeilte ich mich, wie es sich gehört, für das Essen zu danken: „Tack för maten!", worauf der Jüngling zwar freundlich „Tack, tack!" sagte, was soviel wie „Aber bitte" heißt, doch fügte er sofort erklärend hinzu: „Ich zahle für mich und für die Damen; die Herren werden das Essen für sich wohl selbst begleichen!"

Ich sah Gerti verstört an. Hatte sie nicht geschrieben, wir seien

---

[1]) KSSS = Kungliga Svenska Segelsällskapet = Königliche Schwedische Segelgesellschaft.

für das Essen eingeladen? Sie aber wich meinem Blick geflissentlich aus. Der Ober brachte diskret die Rechnungen. Meine machte wesentlich mehr aus, als ich in den letzten zwei Wochen durch das schreckliche Fischeputzen verdient hatte; so blieb mir nichts anderes übrig, als mir unter dem Tisch von Gerti fünfzig Kronen auszuleihen.

Ich war völlig verzweifelt. Zwei Wochen „Fischmord" sinnlos für ein einziges Essen verpraßt.

Der Ober lächelte schadenfroh aus den Augenwinkeln und nahm mein Geld mit einer tiefen Verbeugung entgegen. Da packte mich der Zorn. Mit einer großartigen Geste gab ich ihm ein fürstliches Trinkgeld und sprang auf: „Wir wollen tanzen!" Dann tanzte ich wie noch nie in meinem Leben, ein Mädchen nach dem anderen drehte ich im Walzer. Diese Schwedinnen sollten sehen, wie man in Mitteleuropa tanzt. Der Jüngling verschwand mit seiner Zukünftigen für längere Zeit. Als sie wieder auftauchten, wollte Roman von ihm wissen, was es mit unserer Anstellung als Bootswächter auf sich habe. Er runzelte unwillig die Stirn: „Jaha", meinte er, sein Vater hätte davon gesprochen, „javiss", nächstes Jahr sei ein solcher Posten frei. Leider, die Saison sei heuer schon fast vorbei. Es tue ihm leid.

Roman zog sich schmollend zurück, ich aber tanzte und tanzte und benahm mich wie ein Millionär. Gleichzeitig wälzte ich finstere Rachepläne. Sollte ich das Boot anbohren oder die ganze Bagage ins kalte Wasser stoßen?

Lange nach Mitternacht bestiegen unsere „Freunde" ihr Boot. Die Nacht war hell von einem herrlichen Nordlicht, das wie grüne Feuerzungen über den Himmel zuckte. Es sah aus, als hätte eine Hexe mit einem riesigen Reisigbesen, den sie in grüne Flammen getaucht hatte, über den Himmel gekehrt; und dieses zuckende Licht spiegelte sich geheimnisvoll im schwarz glänzenden Meer. Im Norden aber, wo die Sonne für kurze Zeit ein wenig versunken war, schienen Himmel und Meer wie flüssiges Gold ineinander überzugehen.

Ich hatte vorgehabt, Gerti zum Abschied wenigstens noch ein paar unfreundliche Worte zu sagen und dem unsympathischen Rotschopf, was ich von ihm und seinesgleichen hielte. Doch ich unterließ es. Nur der Motor des Bootes störte das Wunder dieser Nacht und auch er wurde unhörbar, als das Schiff weiter entfernt war und seine Lichter über das Meer entschwanden.

Lange stand ich da, starrte den Himmel und das Meer an. Allmählich vermischten sich die grünen Flammen mit hellblauen Streifen; dabei breiteten sich die Lichter immer mehr über den ganzen Himmel aus und wurden langsam blasser. Das grünblaue Feuer begann zu erlöschen.

Irgendwann hatte ich Verse über das Nordlicht gelesen, doch ich konnte mich nur an die letzten Zeilen erinnern: „... in diesem Licht, zeigt Gott sein zweites Angesicht!“

Allmählich wurde der Himmel wieder schwarz. Was verblieb, waren ein paar blaßgrüne Streifen und hellblaue Kratzer, die aber auch, einer nach dem anderen, verschwanden. Dann war die Nacht wieder dunkel bis auf das gelbe Leuchten im Norden.

Nun wandte ich mich an Roman, der ebenfalls stumm neben mir den Himmel angestarrt hatte: „Was nun?“ – „Was nun?“ echote Roman, „was bleibt uns schon über? Wir können nur einen Canossagang zur Chefin machen. Wir müssen hierbleiben und Geld verdienen.“

„Ja“, meinte ich, „ich weiß, was oder besser, wer dich hier hält. Ich aber bleibe nicht. Ich kann und will nicht im gleichen Restaurant Fischputzer, dann zahlender Gast und hierauf nochmals Fischputzer sein! Nein, lieber Freund, mich hält hier keine

Eike, wenn es noch so schön ist. Wenn du keinen Stolz hast und bleibst, müssen wir uns leider trennen!"

Am nächsten Tag bestieg ich ein Schiff nach Stockholm. Als ich dort ankam, war ich zwar um manche Erfahrung reicher geworden, doch in der Tasche hatte ich wieder keinen Groschen. Im Gegenteil, ich hatte jetzt Schulden, die ich irgendwann zurückzahlen mußte. So machte ich mich wieder auf die Suche nach einem neuen Job. Gleichzeitig nahm ich mir vor, niemals mehr Fische zu essen. Ein Beschluß, dem ich im Laufe meines Lebens allerdings langsam untreu wurde.

Bis heute nicht vergessen aber habe ich das große Nordlicht über der Ostsee. Wenn ich die Augen schließe und daran denke, sehe ich noch immer den grün funkelnden Himmel und das schwarz glänzende Meer sowie die Lichter des Bootes mit den jungen Menschen, denen ich eigentlich so sehr bös sein wollte und dies unter dem Eindruck des Zaubers des Nordlichtes ganz einfach nicht konnte.

Der General und der Berg

Mein Vater war ein großer Bergwanderer. Als ich vier Jahre alt war, machten wir schon Ausflüge von Sechs-Stunden-Dauer im Wienerwald. Erreichten wir nach einer solchen Wanderung z. B. in Hütteldorf die Straßenbahn, so meinte mein sparsamer Vater: „Mit der Straßenbahn kann jeder Narr fahren. Wir marschieren zu Fuß nach Döbling und damit uns die Zeit rascher vergeht, singen wir ein schönes Marschlied."

Später machten wir die ganzen Alpen unsicher. Als mein Vater fünfundsechzig Jahre alt war, feierten wir seinen Geburtstag durch eine Querung des Dachsteins, die Hunerscharte hinauf, bei Blitz und Hagel auf den Gipfel, wo ich das erste Mal im Leben ein St.-Elms-Feuer erlebte, und im dicksten Nebel hinunter über den Gosaugletscher.

Einige Jahre später, mein Vater hatte den Siebziger schon lange hinter sich, meinte er eines Tages zu meiner Überraschung: „Machen wir einen Ausflug auf die Rax. Ich fahre mit der Seilbahn hinauf, du gehst irgendeinen Steig durch das Höllental. Treffpunkt ist der „Praterstern", wo ich auf dich warten werde. Dann gehen wir miteinander den Wachthüttelkamm hinunter. Einverstanden?"

„Du willst mit der Seilbahn fahren?" fragte ich erstaunt, ja fast betroffen. „Bist du krank?" „Keineswegs", gab er zur Antwort. „Aber über Siebzig ist jeder Tag ein Geschenk Gottes. Lerne darum von mir, in Würde alt zu werden. Man darf die eigenen Möglichkeiten weder unter- noch überschätzen. Und dankbaren Herzens sollte man wenigstens versuchen, ohne Groll auf die Vorrechte der Jugend zu verzichten."

Gesagt, getan. Wir fuhren mit dem PKW nach Hirschwang, wo mein Vater ausstieg und zur Seilbahn ging; ich fuhr im kleinen Höllental weiter, bis zum Naturfreundehaus. Dort ließ ich den Wagen stehen, ging durch das große Höllental bis knapp vor den Talschluß und über den „Alpenvereinssteig", einen versicherten Klettersteig von großer landschaftlicher Schönheit, auf das Raxplateau.

Als ich zum „Praterstern" kam, — man versteht darunter eine Wegscheide, wo mehrere Pfade auseinandergehen —, sah ich schon aus der Ferne meinen Vater im Gespräch mit einem mir unbekannten Herrn.

Näherkommend bemerkte ich, daß der Mann offenbar uralt war. Er trug einen Steirerhut auf dem Kopf, am Rücken einen großen Rucksack und in der Hand einen Eispickel.

Ich gab mir Mühe, ernst zu bleiben. Mein Vater stellte mich vor. Der Alte, seinen Namen habe ich vergessen, er nannte sich jedenfalls General, klärte mich auf: „Ich bin vierundachtzig Jahre und habe mein ganzes Leben in den Bergen verbracht. Ich werde mit Ihnen den Wachthüttelkamm hinuntergehen!"

Ich muß ihn wohl etwas zweifelnd angesehen haben, denn er fuhr fort: „Junger Mann, schauen Sie mich nicht so an. Nicht ich schließe mich Ihnen an, sondern ich erlaube Ihnen, mich zu begleiten. Wenn Sie wollen!" Darauf schulterte er seinen Eispickel, wandte sich um und ging mit großen Schritten den leichten Wiesenhang hinan, dorthin, wo der eigentliche Abstieg beginnt.

Wer den Wachthüttelkamm nicht kennt, dem sei gesagt, daß dies zwar kein Klettersteig ist, aber auch kein Promenadeweg. Er beginnt am Raxplateau fast eben, senkt sich immer steiler und steiler bergab und führt im letzten Drittel sehr steil durch Felsen hinab, wobei Leitern und Seile dem Wanderer helfen. Ein Straucheln oder ein Fehltritt kann auf einem solchen Steig unter Umständen zur Katastrophe führen.

„Kennst du den Mann?", fragte ich meinen Vater. „Nein", sagte dieser, „er hat mich hier angesprochen und seit einer Stunde von seinen Bergfahrten erzählt. Hoffentlich fällt er nicht hinunter!"

„Herr General!", schrie ich ihm nach, „seien Sie doch vernünftig. Fahren Sie mit der Seilbahn hinunter!"

Er wandte sich gar nicht um, machte lediglich mit der Hand eine verachtungsvolle Geste und schritt weiter.

„Der hat uns gerade noch gefehlt!", räsonnierte ich.

„Komm", meinte mein Vater, „gehen wir ihm nach, er wird uns brauchen!"

Wir brachen auf. Die Sonne stand schon im späten Nachmittag. Bald hatten wir ihn eingeholt. Er sprach kein Wort, versuchte aber rascher zu gehen.

Dann stolperte er über einen Stein. Nicht, wie ein normaler Mensch stolpert, nein, der alte Mann konnte sich überhaupt nicht halten und flog der Länge nach seitlich ins Gebüsch. Ich wollte ihm aufhelfen, doch er wies mich zurück. Um in die Höhe zu kommen, mußte er den Rucksack ablegen, dann wieder umhängen.

„Gehen Sie vor!", fuhr er mich an, „ich brauche Sie nicht".

Zwei Minuten später lag er auf der anderen Seite im Gebüsch. Nun wurde ich energisch. Ich half ihm, ohne sein Gezänk zu beachten, auf die Füße, machte ihm den Vorschlag, gemeinsam zur Seilbahn zu gehen und — hole es dieser und jener — mit ihm auch hinunterzufahren. Doch er blieb starrsinnig. „Fahren Sie mit der Seilbahn, wenn Sie sich vor dem Weg fürchten, junger Mann", meinte er spitz, „ich gehe!"

Was sollten wir tun? Nach dem dritten Sturz nahm ich ihm den Rucksack ab. Ich hatte nun zwei Rucksäcke; einen trug ich auf dem Rücken, einen auf der Brust. Dann stützte ich ihn und wir gingen weiter. Alle paar Minuten mußten wir stehenbleiben.

Die Zeit verging und es wurde dunkel. Der Weg wurde immer steiler und wir immer langsamer.

Bei der ersten Leiter mußte ich ihm einen Fuß nach dem anderen auf die Sprossen setzen. Große Schritte konnte der alte Mann überhaupt nicht machen. Zentimeterweise kämpften wir uns in die Tiefe. Bald war es richtig finster. Zum Glück hatte der General, so wie auch wir, eine Taschenlampe bei sich, doch ich erlaubte ihm nicht, seine zu verwenden. Wer konnte ahnen, wieviele Stunden wir noch brauchen würden. Bei der nächsten, noch höheren Leiter war alles klar. Es ging nicht mehr. Der alte Mann, der sein ganzes Leben in den Bergen verbracht hatte, konnte weder vor, noch zurück. Er hatte den Weg unter-, seine Kräfte aber überschätzt.

So ungefähr hatte ich es mir vorgestellt. Wir standen im steilsten Gelände. Knapp links neben unserem Weg brachen die Felsen ins große Höllental ab, am Fuß der ca. acht Meter hohen Leiter stand mein Vater und war ungeduldig, oben stand ich mit zwei Rucksäcken, die Taschenlampe hatte ich in den Mund genommen und den General mußte ich mit beiden Händen halten. So etwas war schon immer mein Traum gewesen.

Zum Glück sah ich im Licht der Stablampe einen Baumstumpf. Auf diesen steifte ich den Alten nieder. „Hier bleiben Sie sitzen, Herr General, und rühren sich nicht vom Fleck!" Er gehorchte. Viel zu spät hatte ich erkannt, daß nur der militärische Tonfall ihm irgendwie imponierte.

Mein Vater wollte wissen, was wir da oben trieben. Ich klärte ihn über die Situation auf und dann versuchten wir, einen Ausweg zu finden.

Ein Weitergehen mit dem alten Querkopf war unmöglich. Er

würde stürzen und einen von uns oder auch beide mit in die Tiefe reißen.

Ihn allein hier zu lassen und Hilfe zu holen, ging auch nicht. Er würde inzwischen ohne Zweifel weitergehen und ebenso sicher abstürzen.

Also mußte einer von uns beiden hierbleiben, und der andere Hilfe holen.

Wer aber sollte bei dem Alten bleiben?

Mein Vater?

Vor zwei bis drei Stunden war mit Hilfe nicht zu rechnen. Würden die beiden alten Herren so lange allein im finsteren Wald, mitten im Felsen warten?

Ich traute dem Frieden nicht.

Irgendwann würden sie weitergehen, sich gegenseitig stützend, und miteinander abstürzen.

Also mußte *ich* bei dem Alten bleiben, und mein Vater sollte Hilfe holen. Er erhielt die zweite Taschenlampe und ging allein, in der inzwischen stockdunklen Nacht, die Felsen hinunter. Nach wenigen Minuten war der Lichtschein verschwunden; eine Zeit lang hörte man noch das Geräusch des Hinabsteigens, dann war Stille.

Der Alte saß auf seinem Baumstumpf, ich auf der obersten Leitersprosse. Beide schwiegen wir. Der alte Mann hatte offenbar begriffen, in welche Gefahr er uns gebracht hatte; ich aber war zornig über ihn und über mich, weil ich viel zu spät energisch geworden war.

Mit der Zeit verrauchte der Zorn. Zwischen den Baumwipfeln waren vereinzelte Sterne zu erkennen, und es wurde kalt. Und aus der Kälte stieg die Angst.

Die Angst um meinen alten Vater. War es nicht verrückt von

mir gewesen, ihn allein in der Finsternis, diesen so steilen und ausgesetzten Weg hinuntergehen zu lassen?

Wenn er abstürzte, wen hatten wir gerettet?

Einen uns völlig fremden, uralten Sturschädel.

Hatte ich diesen nicht x-mal gebeten, umzukehren?

Hatte ich nicht vorgeschlagen, ihn zur Seilbahn zu bringen, ja, mit ihm sogar hinunterzufahren?

Welche Verpflichtung hatten wir unter solchen Umständen dem Alten gegenüber?

Trug ich nicht im Rucksack ein kurzes Seil, mitgenommen als „Selbstsicherung" für den Alpenvereinssteig? Dort hatte ich es nicht gebraucht, aber hier, hier hätte ich den Alten damit dingfest machen können.

Die besten Gedanken hat man immer, wenn es zu spät ist. Ich hätte ihn fesseln sollen und unlösbar an den nächsten Baum binden. Vielleicht hätte er eine Zeit lang geschrien, sicher aber nicht allzulange, dann wäre er heiser geworden. Ich aber hätte meinen alten Vater ins Tal geleiten und Hilfe organisieren können. Natürlich war mein Vater trittsicher, doch hatte er nicht selbst gesagt, daß man lernen müsse, in Würde alt zu werden; daß man seine Möglichkeiten nicht überschätzen dürfe?

Ich fuhr mit dem Handrücken über meine Augen. War dieser Alte hier ein solches Opfer wert?

Vielleicht sollte ich ihn doch noch fesseln und meinem Vater nacheilen?

Wenn ich dabei aber Steine im Finsteren lostrete?

Nein, es war zu spät. Ich könnte ihn noch mehr gefährden.

Mein Gott, ich konnte nichts anderes tun, als warten und beten: „Lieber Gott, laß meinen alten Herrn den Weg finden, laß ihn nicht stürzen und beschütze ihn auf dem gefährlichen Abstieg!"

Ich begann zu rechnen. Wenn bis Mitternacht niemand kommt, dann ist mein Vater verunglückt. Dann werde ich doch noch das Seil verwenden müssen.

So saßen und warteten wir und wenn ich nach einer Stunde auf die Uhr sah, waren kaum zehn Minuten vergangen.

Dann räusperte sich plötzlich der Alte: „Es tut mir leid", sagte er leise, „was ich Ihnen angetan habe. Ich weiß, was Sie jetzt denken. Doch Ihr Herr Papa ist ein tüchtiger Bergsteiger. Er wird unten gut ankommen. Ich fühle es. Trotzdem, verzeihen Sie mir!"

„Warten wir bis Mitternacht!", gab ich etwas rauh zur Antwort, „dann wissen wir mehr".

Und wir schwiegen wieder, doch die Nacht war etwas weniger finster und kalt.

Die Minuten vergingen und die Stunden. Der Wind rauschte in den Wipfeln. Nachtvögel strichen durch die Bäume und die Felsen knisterten.

Knapp nach elf Uhr sah ich in der Tiefe Fackelschein. Gott sei gedankt, fuhr es mir durch den Kopf, mein Vater ist gut im Tal angekommen, denn das können nur die Helfer sein. Normale Bergsteiger gehen nicht in der Nacht mit Fackeln auf den Wachthüttelkamm.

Dann standen sie unter uns. Ein Mann und ein Bub. Der Hüttenwirt und sein Sohn. Der Mann beruhigte mich. Mein Vater war wohlbehalten angekommen und hatte für uns um Hilfe gebeten. Doch der Mann schüttelte seinen Kopf. Auch zu zweit könnten wir den Alten in der Nacht nicht hinunterbringen. Er würde mich bei dem General ablösen und ich solle mit seinem Sohn hinabsteigen und die Bergwacht verständigen.

So machten wir uns auf den Weg. Als wir das Schutzhaus erreichten, hatte die erfahrene Wirtin bereits die Bergwacht alarmiert. Mein Vater saß bei einem Krügel Bier, und ich leistete ihm Gesellschaft. Auch wir sprachen nur das Notwendigste. Gegen ein Uhr früh brachen wir auf, um zu sehen, was nun los sei. Der Himmel stand voller Sterne, und man konnte ein wenig sehen.

Als wir die Abzweigung zum großen Höllental erreichten, blieben wir stehen und warteten.

Nach einiger Zeit sagte ich leise: „Er hat seinen Fehler erkannt und sich entschuldigt".

Eine Weile später meinte mein Vater: „Das freut mich". Und, nach einer kleinen Pause: „Oben, wo wir uns getroffen haben, hat er mir erzählt, daß er eines Tages in den Bergen sterben wolle!"

„Da muß er ja nicht unbedingt andere mitnehmen, ... ich hatte große Angst!"

„Du hattest Angst? Oben, beim Warten? Weil es finster war?"

„Nein, um dich! Es war unverzeihlich von mir, dich allein hinabsteigen zu lassen".

„Wenn es ein Fehler war, dann mein eigener", beruhigte mich mein Vater, „aber es ist ja gut gegangen. Ich werde diesen Abstieg in der Nacht nie vergessen. Es wird immer eine schöne Erinnerung für mich bleiben."

„Horch", unterbrach ich ihn, „da singt jemand!" Tatsächlich hörten wir von hoch oben Gesang. Es kam wie aus dem Himmel, doch die Stimme war keineswegs engelhaft. Eine fistelnde Männerstimme krächzte: „Hopp, hopp, hopp, Pferdchen lauf Galopp. Über Stock und über Steine, aber brich dir nicht die Beine, hopp, hopp, hopp, Pferdchen lauf Galopp".

„Jetzt ist der Alte endgültig übergeschnappt!", rutschte es mir heraus.

Dann sahen wir Fackelschein von oben kommen. Sieben Mann stark, war die Bergwacht ausgerückt. In der Mitte ging ein kräftiger Bursche, der unseren alten General auf den Schultern trug, wo dieser festgebunden war. Der Mann selbst war angeseilt. Zwei Mann vor und zwei Mann hinter ihm hielten die Seile, um ihn zu sichern. Davor und dahinter ging je ein Fackelträger. Als letzter kam der Hüttenwirt.

Der alte Mann aber war vergnügt und krächzte ein Lied nach dem anderen. Jetzt sang er gerade: „Zehntausend Mann, die zogen ins Manöver, zehntausend Mann, die zogen ins Manöver, warum widibum, warum widibum, die zogen ins Manöver, rum widibum!"

Als er uns im Fackelschein erblickte, unterbrach er seine Arie. „He, junger Mann!", rief er meinem Vater zu, „sind Sie schon jemals einen Berg hinabgeritten? Ich heute das erste Mal. Wenn man noch so alt ist, man erlebt immer wieder was Neues!"

Dann klopfte er dem Mann, der ihn trug, auf den Kopf: „Hüo, Pferdchen, wir wollen in den Stall, um ein Bierchen zu trinken. Und ihr alle seid eingeladen, solange und soviel ihr wollt!"

„Bravo!" riefen die Männer, „es lebe unser Herr General!" Und sie trabten davon. Langsam gingen wir hinterdrein.

Bald hörten wir den alten Mann wieder singen: „Morgenrot, Morgenrot, leuchtest mir zum frühen Tod ..." Dann wurde seine Stimme leiser und leiser.

Und mein Vater, der immer beherrschte, der nie Gefühle zeigte, nahm mich bei der Hand.

So wanderten wir durch die Nacht und mein Herz wurde weit ...

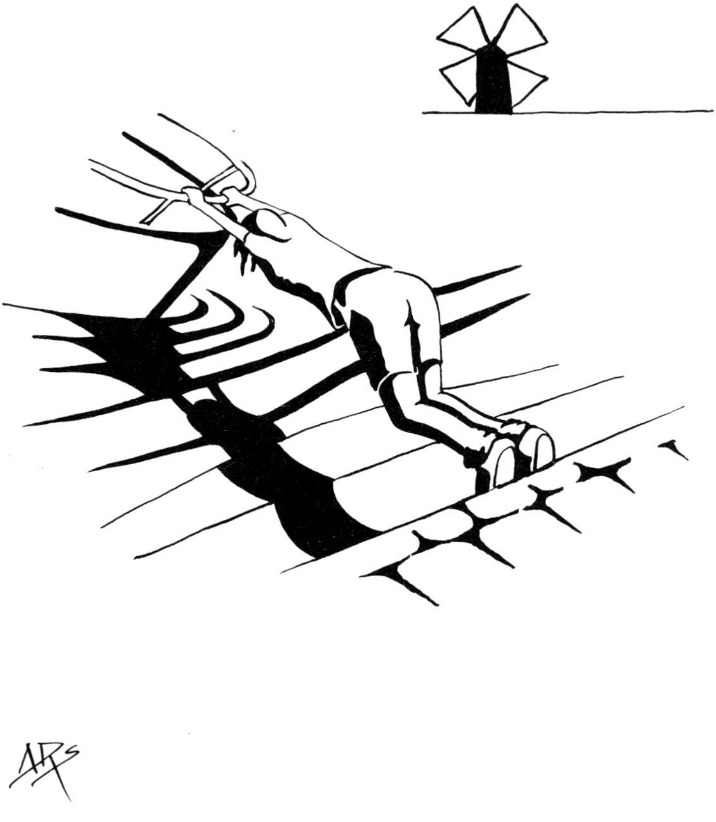

Auf Hollands Kanälen

„Das soll ein Schiff sein?", meinte meine Frau etwas betroffen und ließ ihren kritischen Blick über das kleine Motorboot schweifen. „Madeira 850" hieß es.

Nachdem wir viele Jahre auf dem Meer gesegelt waren, hatten wir beschlossen, es auch einmal auf den holländischen Kanälen zu versuchen; erstmals nicht mit einem Segel-, sondern mit einem Motorboot.

Freunde hatten erklärt, es gäbe keinen geruhsameren Urlaub, als auf den holländischen Grachten. Kein Sturm, keine Seekrankheit, kein Kentern und keine gefräßigen Haie.

Warum also nicht? Auch alte Seebären können sich doch einmal einen gemütlichen Urlaub gönnen.

Allzu groß war unser Boot tatsächlich nicht. Meine Frau und meine beiden Töchter, Nora und Brixi, fanden zwar brauchbare Schlafkojen, aber ich, der Skipper, mußte in der offenen Plicht schlafen.

Schon in der ersten Nacht begann es heftig zu regnen.

So spannte ich die Persennig auf, mußte aber bald bemerken, daß sie mehrere Löcher hatte, hauptsächlich dort, wo mein Kopf lag.

Wir fuhren ein Stück den „BB-Kanal" nach Osten, bogen dann in die Angstel und später in die Vecht ein und motorten Richtung Norden zum Ijsselmeer.

Am zweiten Tag der Fahrt stellte meine Frau, der Smutje fest, daß der Süßwassertank leer sei. „Das gibt es doch nicht!", protestierte ich, „der Vercharterer hat geschworen, er sei bummvoll".

So fuhren wir zur nächsten Tankstelle, ergriffen den Wasserschlauch und begannen unseren Süßwassertank zu füllen.

Wir füllten und füllten und füllten.

„Das muß aber ein riesiger Tank sein!", meinte Brixi.

„Das Wasser rinnt hier in der Ebene sehr langsam!", belehrte ich sie, „man muß Geduld haben".

Ich bin für meine Engelsgeduld bekannt, doch nach einer Stunde schüttelte meine Frau den Kopf. „Du, ich glaube, das Schiff geht langsam unter!"

„Unsinn!", wehrte ich ab, „der Tank wird halt ein paar hundert Liter fassen!"

„Bei einem so kleinen Boot?", zweifelte Nora.

„Also gut", sagte ich, „beenden wir das Bunkern. Aber regt euch nicht auf, wenn wir bald wieder auf dem Trockenen sitzen."

Wir fuhren weiter in dem erhebenden Gefühl, in den nächsten Tagen sicher nicht verdursten zu müssen.

Nach einiger Zeit meinte wieder meine Frau: „Hörst du nichts? So ein komisches Geräusch! Der Motor hat etwas!"

„Der Motor hat gar nichts" ärgerte ich mich, „du hast etwas. Aber bitte, sehen wir nach!"

Ich öffnete den Motorraum. Was soll ich sagen. Der Motor stand zu zwei Drittel im Wasser, es rauschte, gurgelte und sprühte, und jeden Augenblick dachte ich, er müsse elendiglich absaufen.

„Wir haben das Wasser nicht in den Tank, sondern in das Boot gepumpt", platzte Brixi vorlaut heraus.

„Hier steht: Watten", schrie ich empört und zeigte auf den Einfüllstutzen.

„Dann“, meinte Nora weise, „gibt es nur eine Lösung: der Wassertank hat ein Loch!“

„Ist leck!“, verbesserte ich sie gramerfüllt, „doch rasch, wir müssen anlegen und das Boot lenzen, sonst gibt der Motor seinen Geist auf!“

„Oder wir sinken!“, meinte der Smutje.

Ich ignorierte diesen Einwurf und richtete den Bug gegen das Ufer. Brixi nahm den Anker. Sie stand am Bug des Schiffes und sollte, sobald ich das Kommando gab, mit dem Anker an Land springen und ihn dort mit einer Flunke fest in den Boden schlagen. (So ankerte man damals in den Kanälen.)

Da wir uns in der Nähe einer Ortschaft befanden, war das Wasser nicht sehr einladend; der Smutje rief daher besorgt: „Brixi, paß auf, daß du nicht in das Wasser springst!“

„Ich bin ja nicht blöd!“, gab diese empört zurück.

Schon waren wir vom Ufer nur noch einen Meter entfernt.

„Spring!“, kommandierte ich. „Zu früh!“, meinte Nora, doch Brixi hatte schon mit einem weiten Satz das Ufer erreicht. Dann drehte sie sich zu Nora um, zeigte ihr die lange Nase und sagte „Ätsch!“

Ich gab Rückdampf, um nicht mit dem Bug an das steinige Ufer zu laufen, hatte aber das Gewicht des Bootes mit dem großen Wasserballast unterschätzt. Es ließ sich kaum bremsen.

„Halt das Schiff ab!“, schrie ich Brixi zu und gab „Volle Kraft“ zurück. Sie ergriff den Bugkorb und drückte mit ganzer Kraft dagegen. Tatsächlich, das Boot kam zum Stehen. Ja, mehr noch, jetzt griff der Rückwärtsgang endlich und wir entfernten uns langsam aber sicher wieder vom Land.

Brixi stand mit den Füßen am Ufer und hatte die Hände am Bugkorb. Sie wurde lang und immer länger.

„Fahr doch nach vorn!“, schrie meine Frau; doch ein Schiff reagiert nicht so schnell.

„Papa!“, schrie Brixi noch entsetzt, dann war es mit der Brükkenkonstruktion ihres Körpers vorbei und sie platschte, voll bekleidet und mit ihrem neuen Pullover, in die wenig wohlriechende Flut.

„Ist es kalt?“, wollte Nora noch wissen, doch meine Frau schrie: „Mann über Bord!“

„Frau über Bord!“, verbesserte Nora.

„Sie kann doch schwimmen!“, tröstete ich die Crew und lief nach vorne. Doch Brixi kletterte bereits an das Ufer, wo sie sich wie ein nasser Pudel beutelte.

„Und womit waschen wir sie und ihr Gewand?“, wollte der Smutje wissen.

Eine gute Frage, denn das Wasser im Boot war voll Öl und unbrauchbar.

So wurde Brixi, so gut es ging, trockengelegt, und ihr Gewand auf einer Schnur vom Bugkorb zum Fahnenmast zum Trocknen aufgehängt.

Nichts ärgert mein Seemannsherz mehr als ein Schiff, das wie eine Wäscherei aussieht, doch ich schwieg und versuchte vielmehr, das Wasser aus dem Boot zu bringen.

Allein, es gab weder eine Pütz[1]) noch ein Ösfaß[2]) noch eine Wasserpumpe.

So lenzten wir das Schiff mit unseren Kaffeeschalen und Zahnputzbechern, was ebenso langsam wie unergiebig war und die halbe Nacht dauerte.

Den Rest der Fahrt hatte ich Kreuzschmerzen.

Am nächsten Tag ging es weiter in Richtung Spakenburg.

---

[1]) = Kübel.

[2]) = kleine Hand-Schaufel zum Wasserschöpfen

Da der Wassertank unbrauchbar war, kauften wir einen Zehn-Liter-Plastikkanister, dessen Inhalt zum Kochen, Geschirrwaschen und zur persönlichen Hygiene dienen mußte, wobei letztere mitunter etwas zu kurz kam.

Zahlreiche Brücken überspannen ganz niedrig die Kanäle. Wenn man in die Nähe kommt, macht man sich durch Hupen oder Rufen bemerkbar. Falls es nicht gerade Frühstücks-, Jausen-, Mittags-, Kaffee- oder Abendbrotzeit ist, — Pausen, in welchen sich holländische Brückenwärter nicht einmal durch ein Erdbeben stören lassen —, schlurft nach einigen Minuten so ein Original herbei, kurbelt die Brücke hoch und läßt dann einen Holzschuh an einer Schnur herunter, in den man seinen Obulus legt.

Ich hatte gelesen, daß der offizielle Tarif zehn Cent sei, daß die Brückenwärter sich aber freuen, wenn man statt dessen ein Quartje, d. s. fünfundzwanzig Cents, in den Opanken legt.

Da wir freundliche Menschen sind und den Brückenwärtern eine Freude machen wollten, gaben wir jedesmal ein Quartje, worauf diese ausnahmslos zu unserem Erstaunen ein großes Geschrei erhoben und mit den Armen fuchtelten. Wir dachten, daß das die holländische Art des Bedankens sei.

Als uns nach einigen Tagen jedoch ein besonders Erboster ein Trum Holz nachschleuderte, begriffen wir, daß die Inflation auch vor Holland nicht Halt gemacht hatte. Der Normaltarif war zu dieser Zeit nämlich bereits ein Gulden.

Wir beschlossen, den Heimweg vorsichtshalber auf anderen Kanälen zu befahren.

Endlich erreichten wir das Ijsselmeer. Die erste Nacht war finster und nebelig. Die Leuchttürme, deren Lichter kaum zu sehen waren, brüllten unheimlich über das Meer. In diesen Nebelgegenden geben die Leuchttürme, ähnlich wie Heultonnen, dumpfe Töne von sich, natürlich in einer bestimmten

„Kennung", sodaß man hier, wenn schon nicht optisch, so doch wenigstens akustisch navigieren kann.

Wenn man kein entsprechendes Gerät hat, nimmt man von einer Klopapierrolle die im Inneren liegende Pappendeckelröhre, hält sie an ein Ohr und dreht sich solange, bis man die Richtung zu dem entsprechenden Heulturm ziemlich genau gefunden hat. Dann stellt man diese Richtung mit einem Kompaß fest und hat eine „Standlinie".

Der nächste Morgen war klar, aber stürmisch.

Wir liefen aus dem Hafen auf das Binnenmeer aus und das Boot bewährte sich recht gut.

Die Wellen waren, wie immer bei relativ seichten Gewässern, steil, kurz und hart.[3)]

Plötzlich streikte der Motor.

Ich konnte tun, was ich wollte, es war nichts zu machen. Nun ist ein Motorboot keineswegs so seefest wie ein Segelboot. Das Boot drohte quer zu schlagen und es bestand akute Kentergefahr.

Das kommt davon, wenn man sich mit einem Motorboot ohne Zweitmotor auf das Meer wagt.

So warf ich den Anker, um das Boot mit dem Bug gegen den Wind und die Wellen zu drehen und gab das erstemal in meinem Leben ein Seenotsignal. Da es im Boot nichts dergleichen gab, stand ich im Bug und hob und senkte beide Arme.

Tatsächlich kam gerade rechtzeitig, bevor meine Arme abbrachen, ein Zweimaster, eine hübsche Ketsch, vorbei, an Bord ein altes Ehepaar.

Ich durfte ihnen meine Bugleine zuwerfen und sie schleppten uns in einen Nothafen.

[3)] Die Zuidersee ist im Durchschnitt 6 m tief.

Dort wollte ich telefonieren, doch es gab weit und breit kein Telefon.

Dann wollte ich Autostoppen, um einen Motor-Mechaniker aufzutreiben, doch es fand sich, soweit das Auge reichte, keine Straße.

Endlich fragte mich ein Skipper von einem Segelboot, welche Probleme ich hätte.

Ich klagte ihm mein Leid. Da meinte er: „Wenn ich nach Österreich komme und auf einen Berg steigen will, werde ich Sie bitten, mich zu führen. Ihr aber glaubt, das Meer ist so harmlos, daß hier jeder herumfahren kann."

„Ja, was soll ich denn machen?", bat ich um Rat.

„Mich fragen!"

„Das tue ich ja gerade die ganze Zeit!"

Er grinste freundlich, schlug mir kräftig auf die Schulter, ging auf sein Schiff und kam mit einer riesigen Werkzeugkiste zurück. Dann zerlegte er den Motor meines Bootes, daß keine Schraube auf der anderen blieb.

„Nie bringt er das wieder zusammen", fürchtete ich im geheimen.

Doch — der Motor wurde wieder ganz und lief wie ein Glökkerl.

Es stellte sich heraus, daß der Nothelfer ein Motormechaniker in Frühpension war, der sein Leben geruhsam auf seinem Segelboot verbrachte. Kein Zweifel, Holland war irgendwann einmal auch zu Österreich gehörend.

Da ich meinem Boot gegenüber nun etwas mißtrauischer geworden war, verzichtete ich auf die geplante Fahrt über das Wattenmeer nach Terschelling und besuchte lieber die sogenannten „Randmeere".

Nach zwei Wochen hatten wir unseren Ausgangshafen bei Utrecht wieder erreicht.

Viele tausend Meilen war ich schon auf dem Meer gesegelt.

Doch in Seenot kam ich bis heute nur ein einziges Mal, und das auf einem „Binnengewässer" mitten in Holland.

Ein Mensch

Als ich meine jüngste Tochter vor der Volksschule aus dem Auto aussteigen ließ, wäre es fast zu einem Unfall gekommen.

Wegen der voll besetzten Parkplätze am Gehsteigrand hatten wir mitten auf der Fahrbahn halten müssen. Als das Kind zwischen den stehenden Autos durchging, fuhr ein Herr mit seinem BMW an, so, als wäre kein Kind, sondern Luft vor ihm. Ein scharfer Hupton meinerseits weckte ihn aus seinen Träumen und brachte ihn zur Besinnung.

Erregt über soviel Nachlässigkeit sprang ich aus meinem Wagen und hatte mit ihm eine unerfreuliche Auseinandersetzung.

So begann der Tag.

Der Rest war Routine. Patienten, Operationen, Schwestern, Kollegen, ein hastig geschlucktes Mittagessen, Ordination, Anrufe, geduldiges Sprechen mit Menschen, mit vielen Menschen, Zettel ausfüllen, kleiner Ärger, großer Ärger, immer wieder das Telephon, endlich die Buchhaltung.

Spät am Abend fuhr ich heim.

Ganz hatte ich den Schrecken vom Morgen noch nicht vergessen und verarbeitet. Unter all den flüchtigen Gesichtern des Tages sah ich immer wieder das Antlitz jenes Herrn, der im ersten Augenblick zwar ebenfalls über seine Unachtsamkeit erschrocken war, auf meine wenig freundliche Mahnung aber unerwartet heftig reagiert hatte.

Als ich bei einer roten Ampel anhalten mußte, wollte es der Zufall, daß ich rechts neben einem BMW stehen blieb.

Ohne das Geringste zu denken, sah ich hinüber, der Fahrer des BMW sah zu mir, und wir erkannten uns im gleichen Augenblick.

Es war der Herr von heute früh.

Unsicher sah ich ihn an, da lächelte er mir zu, freundlich, Vergebung heischend, Verzeihung bietend, ein wenig weise und eine Spur überlegen.

Und ich lächelte zurück, war er doch der einzige „Mensch", der mir an diesem Tag begegnet war, der einzige, dessen Gesicht ich mir gemerkt hatte.

Als es „grün" wurde, bog er links ab, ich fuhr geradeaus.

Sollten wir uns einmal wiedersehen, werden wir einander zunicken, wenn wir Zeit haben, ein paar Worte über das Wetter sprechen und uns vielleicht sogar die Hand geben.

Vielleicht ...

Erzählungen

Mein Freund Achmed

Gerichtstag in Dschidda.

Der Kadi sprach Recht unter freiem Himmel. Die Moslems standen schweigend im Kreis.

Zuerst hatte mich nur Neugierde hingetrieben, dann aber drängte ich mich, der Püffe und Schimpfworte nicht achtend, energisch vor bis in die erste Reihe. Denn der Mann, der abgeurteilt werden sollte, war ohne Zweifel mein Freund Achmed.

Achmed war viele Jahre lang Zeitungsverkäufer in Wien gewesen. Knapp vor einer Kreuzung, über die ich jeden Abend mit dem PKW fuhr, stand er und lief zu jedem Auto, das stehenbleiben mußte.

Zeigte die Ampel Grün, rollte ich, ihm kurz zunickend, vorbei, zeigte sie aber Rot, stürzte er herbei und drängte mir wenigstens zwei Zeitungen auf.

„Bittaschen, Effendi!" war sein geflügeltes Wort, dem ich als alter Karl-May-Leser nicht widerstehen konnte. Auch lachte er dabei so freundlich und so flehentlich, daß mein Gasfuß immer öfter dafür sorgte, daß ich jedesmal ganz wie zufällig bei Rot die Kreuzung erreichte.

Das ging so jahrelang, dann war er plötzlich verschwunden. Sein Nachfolger zuckte die Schultern: „Achmed? Weiß nicht! Vielleicht zu Hause!"

Und jetzt sah ich ihn wieder. Als Angeklagten vor Gericht. Als Dieb, als angeblichen Pferdedieb.

Er versicherte wortreich, das frei herumlaufende Pferd nur am Zügel gepackt zu haben, um es seinem Herrn zurückzubringen; zwei Zeugen aber schworen beim Barte des Propheten, daß er es abgebunden und entführt hätte.

Achmed hatte keine Chance.

Der Richter, ein Scherif mit grünem Turban, fällte sogar ein relativ mildes Urteil: Mit der rechten Hand hatte Achmed die Zügel des Pferdes ergriffen, mit der rechten Hand hatte er gesündigt, die rechte Hand solle er verlieren.

Morgen um elf Uhr vormittags würde sie ihm abgehackt werden.

Achmed fiel auf die Knie und flehte zu Allah um Hilfe.

Plötzlich sah und erkannte er mich.

Er trat ein paar Schritte näher und hob flehentlich die Hände: „Bittaschen, Effendi!", beschwor er mich, „bittaschen, Effendi! Hilf mir, sonst muß ich sterben. Keiner überlebt Handabhacken. Du aber bist Arzt, berühmter Chirurg! Nimm mir die Hand im Spital ab, dann werde ich leben! Bittaschen, Effendi!"

Ich war völlig überrumpelt.

„Das ist doch nicht möglich!", wehrte ich ab, „so etwas darf ich als Ausländer doch gar nicht!"

„Du darfst, Effendi!", widersprach Achmed und wandte sich an den Richter mit einem Wortschwall, von dem ich nicht das Geringste verstand. Ich bemerkte nur, daß der Richter mehrmals ernst mit dem Kopf nickte und zu mir hersah; dann sprach er mich plötzlich auf englisch an: „Wenn Sie ihm die Hand abnehmen wollen, haben wir nichts dagegen. Wir sind streng, gerecht und großzügig. Das Urteil muß erfüllt werden, wie, ist gleichgültig. Glauben Sie aber nicht, uns täuschen zu können. Sie würden es bereuen."

Dann ging ein ganz eigenartiges Lächeln über sein Gesicht. „Wir Mohammedaner waren immer tolerant. Ob Sie als europäischer Arzt und als Christ es aber mit Ihrem Gewissen vereinbaren können, ein Urteil nach dem Koran durchzuführen, müssen Sie selbst entscheiden. Um zehn Uhr ist der Verurteilte im Spital; falls Sie nicht kommen, wird das Urteil um elf Uhr hier vollstreckt!"

Achmed rief nochmals „Bittaschen, Effendi!" und hob flehend die gefesselten Hände, dann wurde er abgeführt.

Die Menge verlief sich und ich stand bald allein.

Die Worte des Richters dröhnten in meinen Ohren: „Wenn Sie als europäischer Arzt und als Christ es mit Ihrem Gewissen vereinbaren können ..."

Hatte er nicht recht, tausendmal recht?

Durfte ich einem jungen, gesunden Menschen die Hand abschneiden, nur deshalb, weil ein islamischer Richter es so wollte?

War Achmed schuldig, war er unschuldig?

War das für mich nicht völlig gleichgültig?

Schweißperlen traten auf meine Stirne. Worauf hatte ich mich da eingelassen. Sollte ich vielleicht Büttel, sollte ich Henker eines grausamen, mittelalterlichen Rechtes werden?

Niemals! Ich war ja nicht der „Erfüllungsgehilfe" dieses schrecklichen Richters mit dem grünen Turban und den lächelnden Augen.

Was steht im Hippokratischen Eid?

Langsam ging ich zu meinem Hotel zurück und erinnerte mich:

„Es gilt zu nützen, aber doch nicht zu schaden!"

Das also war die Frage:

Nützte ich Achmed, oder schadete ich ihm?

Eigentlich beides.

Als Mensch konnte ich ihm helfen, als Arzt schadete ich seiner Gesundheit.

Darüber bestand kein Zweifel. Doch wie sprach Hippokrates noch?

„Heilig will ich meine Kunst bewahren!"

Heilig, wenn ich einem jungen, gesunden Menschen die Hand amputierte, weil andere es so wollen?

Ich hatte mein Hotel erreicht, es war Abend geworden. Angezogen, wie ich war, warf ich mich auf das Bett. Die Klimaanlage surrte.

Gab es denn keinen Ausweg?

Ich könnte ihm ja eine Narkose machen, wenn ihm der Henker die Hand abschlägt, dann spürt er wenigstens nichts.

Doch die Sepsis, die Blutvergiftung, wird nicht zu vermeiden sein. Hier im Orient ein Todesurteil.

Wie hatte Achmed gesagt „Keiner überlebt Handabhacken!"

Das mit der Narkose war doch nur eine Ausrede, ein Trost für mich selbst.

Nein, das war kein Ausweg.

Das war eine Flucht. Eine Flucht vor der Verantwortung.

Da hörte ich wieder die Stimme des Richters: „... Sie als Christ ..."

Also gut, vergessen wir Hippokrates und seinen Eid, denken wir an meine Pflicht als Christ. Genau das ist es. Als Christ werde ich mich entscheiden. Aber wie?

Was steht in den zehn Geboten? Welches paßt?

Eigentlich gar keines.

Oder doch: „Du sollst nicht töten!"

Das heißt ja auch, daß man niemanden verletzen darf.

Ich will ihm aber doch helfen!

Doch wie sagte Paulus? „Auch um Gutes zu stiften, darf man nichts Böses tun". [1])

---

[1]) Ro. 3, 8. Sinngemäß.

Meine verfluchte Neugierde. Wäre ich doch nicht hingegangen.

Ich habe das Gefühl „mitschuldig" zu werden, wie immer ich mich entscheide.

Es ist wie in einem Labyrinth ohne Ausgang.

Ich stützte den Kopf in beide Hände.

Das Neue Testament! Finde ich Rat bei Jesus? Wie war das nur mit dem Barmherzigen Samariter?

„Was muß ich tun, Meister", hatte einer gefragt, „um die ewige Seeligkeit zu erlangen?"

Und Jesus hatte geantwortet: „Du sollst Gott über alles lieben und deinen Nächsten wie dich selbst! Auf diesen beiden Geboten beruht das ganze Gesetz und alle Propheten!"

Doch jener fragte, w e r ist mein Nächster?

Da erzählte Jesus das Gleichnis vom „Barmherzigen Samariter":[2])

„Ein Wanderer zog über das Gebirge und fiel unter die Räuber. Diese schlugen ihn halbtot und ließen ihn liegen.

Ein Priester kam des Weges, sah ihn und ging vorüber, ein Levit tat desgleichen.

Dann kam ein Samariter, wurde von Mitleid erfüllt, goß Öl und Wein in seine Wunden, verband sie und brachte ihn in die Herberge, wo er auch noch für ihn sorgte."

Dann fragte Jesus: „Wer hat wohl als Nächster an ihm gehandelt?"

Und jener sagte: „Der ihm Barmherzigkeit erwies".

Jesus sprach: „Gehe hin und tue desgleichen!"

Ich wurde etwas ruhiger. „Der ihm Barmherzigkeit erwies!"

---

[2]) Lukas 10, 25 — 37, gekürzt.

Hatte er mich nicht gebeten, hatte er mich nicht angefleht?

War es nicht meine Pflicht, ihm Barmherzigkeit zu erweisen?

Ich werde es also tun. Amputieren. Aus Barmherzigkeit ...

Und doch, und doch, und doch ...

Ich hatte mich entschieden, aber glücklich war ich darüber nicht; mein ganzes Arztsein sträubte sich gegen diese Handlung. Ich grübelte und grübelte, dann entkleidete ich mich und schlief endlich ein.

*

Am nächsten Morgen erwachte ich aus einem unruhigen Schlaf.

Der Wecker läutete wie jeden Tag, meine Frau stand beim Bett, hatte meine Schultern ergriffen und mahnte: „Steh doch auf, du kommst zu spät ins Spital!"

Völlig verwirrt öffnete ich die Augen.

Ich war in Wien und nicht in Dschidda.

„Was schaust du so verträumt?", meinte meine Frau, „vergiß nicht, daß du versprochen hast, bis heute Abend den Entwurf für einen ‚Codex ärztlicher Ethik' fertigzustellen!"

„Ach", meinte ich, während ich aus dem Bett sprang, „ich glaube, daß ich diesen Auftrag wieder zurückgeben werde!"

„Ja, warum denn, wer soll denn so etwas schreiben, wenn nicht du? Jetzt hast du wochenlang daran gearbeitet und nun willst du kneifen?"

„Nein, das ist es nicht!" wehrte ich ab. „Doch ich hatte einen Traum, einen ganz schrecklichen Traum!"

„Träume sind Schäume!", gab meine Frau zu bedenken, „und was du versprochen hast, solltest du halten!"

Ich gab darauf keine Antwort und verabschiedete mich.

Dann begann ich mit der Tagesroutine, doch mein Freund Achmed und seine Hand gingen mir nicht aus dem Kopf.

Der Entwurf für den Ethik-Codex blieb liegen. Ich hatte begriffen, daß es Entscheidungen gibt, die man nicht reglementieren kann.

Als ich am Abend zur bewußten Kreuzung kam und Achmed mit den Zeitungen herbeistürzte, mit Zeitungen, die er in beiden Händen hielt, rief ich: „Achmed, mein Freund! Gib her!"

Ich kaufte ihm sämtliche Zeitungen ab und gab ihm alles, was ich in der Börse hatte, als Trinkgeld.

Achmed wußte nicht, wie ihm geschah.

Dann zeigte die Ampel Grün und ich rief dem Erstaunten noch zu: „Weil Du das Pferd nicht gestohlen hast!"

Hierauf gab ich Gas und hörte noch sein verwirrtes: „Dankeschen, Effendi, dankeschen!"

Ich aber murmelte vor mich hin: „Inschallah — wie Gott will!"

Das Gipfelkreuz

Mitten im Herzen Österreichs liegt das Dachsteingebirge. Thorstein, Mitterspitz und König Dachstein bilden gemeinsam mit den Dirndln den gewaltigen Absturz der Südwand und zahlreiche, nur um weniges niedrigere Gipfel, umgeben gleich Vasallen den Herrscher; Koppenkarstein, Gjaidstein, Sinabell und die Scheichenspitze, um nur einige davon zu nennen.

Leicht hat es König Dachstein mit seinen Vasallen nicht. Insbesondere der Thorstein, der sich größer und mächtiger dünkt, will nicht zugeben, daß er um einige Meter niedriger ist; seit man den Dachstein mit einem erhabenen Kreuz krönte, ist der Thorstein darüber hinaus eifersüchtig und blickt finster und trotzig ins Tal.

Aber auch die Scheichenspitze ist stolz und eitel. Prächtig gekleidet mit schroffen Felsabstürzen steht sie vor dem Thron des Königs und wird von Unkundigen gar oft mit ihm verwechselt.

Wie kränkte auch sie sich, als der Dachstein sein großes Kreuz erhielt.

„Ich will auch ein Kreuz haben", murmelte sie vor sich hin, „und es soll mir, bei Gott, nicht schwer fallen, eines zu erhalten."

Und da die Scheichenspitze eine Frau ist, lächelte sie freundlich und verführerisch ins Tal, wo der evangelische und der katholische Pfarrer eben eine Partie Schach im Wirtshausgarten spielten.

Das allerdings war damals, vor Jahrzehnten, ein kleines Wunder, denn in dieser einsamen Gegend trennen die Katholischen und die Evangelischen selbst heute noch Welten. Auch sind die Lutherischen hier in der Mehrzahl, waren doch seinerzeit, als die Gegenreformation mit Feuer und Schwert den neuen Glauben verfolgte, ganze Dörfer aus dem Bayrischen hierher geflohen und hatten sich in der Ramsau angesiedelt.

Dem katholischen Pfarrer fiel das verführerische Lächeln der Scheichenspitze zuerst auf und verwirrte ihn so, daß er seine Dame dem feindlichen Rössel direkt vor die Sprünge stellte. Der evangelische Pastor bemerkte die Verwirrung seines Gegenübers, er suchte dessen Augen und verfolgte deren Blick. Ohne daß sie ein Wort gesprochen hätten, wußten beide — auf die Scheichenspitze gehört ein Kreuz!

Ein „katholisches", dachte der Pfarrer; ein „evangelisches", plante der Pastor.

Dann gaben sie die Partie remis und gingen jedweder, um seine Jungschar für den Plan zu begeistern.

Bald hub in aller Heimlichkeit ein fleißiges Sägen und Hobeln an.

Wie überall, wo es Mehrheiten und Minderheiten gibt, war die kleinere Schar — in dieser Gegend die katholische — mit größerer Begeisterung bei der Sache und mit der Arbeit daher früher fertig.

Eines Nachts keuchte der Pfarrer und seine Buben schwer beladen den Berg hinauf. Als die Sonne im Mittag stand, strahlte der Gipfel des Berges im Glanz seines Kreuzes.

Wie glücklich war nun die Scheichenspitze:

„Seht her", rief sie zu Sinabell und Eselstein, „ich wurde geschmückt! Ich habe ein Gipfelkreuz, ebenso schön wie König Dachstein; der dumme Thorstein aber, der sich so erhaben dünkt, ist leer ausgegangen, ätsch!"

Und vor lauter Übermut warf sie eine kleine Steinlawine ihre eigene Südwand hinunter.

Doch auch die Lutheraner hatten in der Zwischenzeit ihr Kreuz fertiggestellt. Größer war es als das katholische und einen Psalm hatte man eingebrannt: „Hebe deine Augen auf zu den Bergen, von dannen dir Hilfe kommt."

Heiliger Zorn hatte den Pastor gepackt, als er das katholische Kreuz auf der Scheichenspitze prangen sah und als ihn seine Burschen fragend anblickten, brummte er nur:

„Macht weiter! Es wäre doch Widersinn, wenn ein Kreuz der Katholischen über der evangelischen Ramsau thront."

Und bald keuchte wieder eine Schar Burschen, angeführt vom Pastor, den Berg hinauf. Sie schleppten und schwitzten und sangen fromme Lieder. Am höchsten Gipfel angekommen, machten sie kurzen Prozeß. Obwohl der Pastor mißbilligend den Kopf schüttelte und abwehrend die Arme hob, warfen sie das „katholische" Kreuz die Scheichenspitz-Südwand hinunter und pflanzten ihr Kreuz auf, das sie mit so viel Liebe und Mühe gebaut und hinaufgeschleppt hatten; dann sangen sie: „Näher mein Gott zu Dir" und beendeten die schlichte Feier.

Als die Schar den Gipfel verlassen hatte, herrschte beklemmende Stille. Das neue, mächtige Kreuz glänzte im Licht der untergehenden Sonne. Die Scheichenspitze schwieg verlegen und auch die Berge ringsum wußten nicht, was sie sagen sollten.

Alle waren betroffen und unglücklich. Auch der Pastor, der eigentlich stolz hätte sein sollen, war beim Abstieg unwirsch und schlecht gelaunt.

Eines Tages brachte ein Jungbauer, der im Bereich der Scheichenspitz-Südwand gewildert hatte, dem Pfarrer ein Stück des zerschmetterten Kreuzes. Wie ein Lauffeuer ging es durch die wenigen katholischen Höfe:

„Sie haben unser Kreuz den Berg hinabgestürzt, sie haben Gott gelästert, das gibt ein Unglück!"

Um den Himmel zu versöhnen, beschloß man in aller Stille, den ursprünglichen Zustand wieder herzustellen.

Bevor noch der Winter seine weiße Decke über die Täler gebreitet hatte, war man am Weg. Wiederum in der Nacht. Allerdings ohne Priester. Diesmal wurde das „evangelische" Kreuz die Wand hinabgestürzt und wieder schmückte ein „katholisches" Kreuz den Gipfel der Scheichenspitze.

Nun aber begannen die Berge ringsum zu zürnen:

„Du Stolze", schmähten sie die Scheichenspitze, „immer wolltest du mit einem Kreuz geschmückt sein, wie König Dachstein, jetzt hast du schon dein drittes Kreuz, und wenn es so weiter geht, erhältst du noch eine ganze Sammlung!"

Und sie lachten über die arme Scheichenspitze, die jedoch nur mehr weinen konnte.

Aber auch die Lutheraner hatten nicht geruht; ein Überläufer hatte ihnen die Aktion der Katholischen schon vor Wochen verraten und während diese glaubten, ihr zweites Kreuz heimlich zu bauen, waren auch die Evangelischen nicht müßig gewesen. Von der anderen Seite näherte sich noch am gleichen Tag dem Gipfel die evangelische Jungschar und das neue katholische Kreuz hatte nicht einmal Gelegenheit, den Abend zu begrüßen. Es donnerte die Wand hinunter und wieder prangte ein evangelisches Kreuz am Gipfel der Scheichenspitze.

Doch so wohl sollte es den Lutheranern diesmal nicht werden. Die katholischen Burschen hatten sich auf halbem Weg auf die Lauer gelegt und den Evangelischen eine Falle gestellt.

Stunden, bevor es am Berg zur Schlacht kommen sollte, hatten sich Pfarrer und Pastor nach langer Pause wieder einmal beim Schach im Wirtshausgarten getroffen. Doch Stimmung kam keine auf. Immer wieder schweiften ihre Augen ab zum Gipfel des Berges, um den dräuende Wolken aufzogen.

Plötzlich schob der Pastor das Brett zurück.

„Hochwürden", schrie er, „Sie haben die Genagelten an, ich auch. Wir wissen beide, was sich da oben zusammenbraut. Ich glaube, wir sollten eingreifen!"

„Wenn wir nicht zu spät kommen", rief der Pfarrer, ergriff seinen Bergstock und beide hetzten den Berg hinan. Der halbe Tag verging und der Himmel wurde dunkel.

Gerade, als die feindlichen Gruppen aufeinander prallten, Prügel aus den Latschen gerissen wurden und die ersten Steine flogen, brach ein schreckliches Zürnen der vielen umgebenden Dachsteingipfel los. Vorwürfe, Spott und Hohn prasselten auf die Scheichenspitze nieder. Doch diesmal weinte sie nicht. Zornerfüllt ballte sie sich in Wolken, ließ den Sturm um ihre Felsen heulen und versank unter einer Decke von Schnee.

Die beiden Geistlichen keuchten durch den Schneesturm hinan. Schon hörten sie in kurzen Sturmpausen das Getümmel der Schlacht, als der Pastor anhielt.

„Sie werden auf uns nicht hören wollen", schrie er dem Pfarrer ins Ohr, „der Haß ist schon zu groß!"

„Wir müssen sie bei der Ehre packen!", brüllte der Pfarrer zurück, „rufen wir um Hilfe und sie werden alles vergessen, um uns zu retten!"

„Ohne Grund am Berg um Hilfe schreien, das ist unwürdig!", brummte der Pastor und trat dem Pfarrer mit den Genagelten so gegen den Knöchel, daß diesem die Luft wegblieb.

Erbittert hob dieser seinen Stock. „Ein Steinschlag, Herr Pastor!"

Dann blickten sie einander mit grimmigen Augen an und begannen lauthals zu schreien.

„Hilfe! ... Hilfe!"

Die Jungscharen hatten sich inzwischen gewaltig verprügelt,

schon gab es rote Flecken im Schnee, da hallten plötzlich Hilferufe durch das Wüten der Elemente.

Die Kämpfenden wären keine „Bergler“ gewesen, hätten sie die Schlacht nicht unterbrochen, um die in Bergnot geratenen zu suchen.

Wen aber fanden sie im Schneesturm? Den Pfarrer, der sich den Fuß angeblich verstaucht hatte und den Pastor, der behauptete, ein Stein hätte ihn am Kopf getroffen; tatsächlich troff Blut von seiner Stirne.

„Helft uns!“, keuchten die beiden.

Da bildeten sie eine Kette, Katholische und Evangelische, seilten sich mit den Stricken aneinander und halfen den Verwundeten auf die Beine; ein paar schwer verletzte Burschen mußten sie auf den Rücken nehmen. Langsam, stöhnend und keuchend, stapften sie mit ihrer Last ins Tal hinunter.

In Sicherheit angekommen, schlichen sie sich in ihre Höfe, verbanden ihre Wunden und verrieten niemanden, was am Berg geschehen war.

Auch der Pastor gab dem Pfarrer wortlos die Hand, schüttelte den Kopf, sah beziehungsvoll auf dessen Stock mit dem Blutfleck, tippte sich an die Stirn und ging seines Weges.

Der nächste Morgen klarte von einem kalten, aber blauen Himmel.

Und der Herrgott, der die Scheichenspitze in ihrem weißen Kleid und ihr Kreuz in der Morgensonne sah, lächelte unter Tränen.

Die Scheichenspitze aber trug ihr Gipfelkreuz hinkünftig in Demut, denn niemals konnte sie vergessen, daß am Fuße ihrer Südwand drei Kreuze langsam vermoderten …

Das große Rennen

Eines Tages war es wieder so weit. Die Radrundfahrt der Amateure startete. Sechzig Teilnehmer kämpften um den wertvollen Pokal und um den hohen Geldpreis.

Gleich der erste Tag brachte eine Überraschung. Der Favorit riß sofort nach dem Start aus, trat wie ein Verrückter in die Pedale und fuhr einen Vorsprung von über 20 Minuten heraus. Das wäre noch kein Wunder gewesen, aber er hielt diesen Vorsprung bis ins Ziel, wo er triumphierend die Arme in die Luft warf.

Am Abend tagte die Rennleitung. Da sprach eine Abordnung der Fahrer vor. Sie verlangte nicht mehr und nicht weniger, als den Ausschluß des Siegers.

„Wo kämen wir hin", sagten sie, „wo kämen wir hin, wenn einer allen anderen davonfahren darf? Amateur hin, Amateur her. Wir wissen, daß er vom Gelde seiner reichen Freundin lebt und daß er täglich fünf Stunden trainiert.

Welcher wirklich berufstätige Mensch kann täglich fünf Stunden trainieren? Das sind keine gleichen Bedingungen!"

„Nein, das sind keine gleichen Bedingungen", sprach die Rennleitung, „wo kämen wir hin, wenn ein Amateur zwar dem Buchstaben nach tatsächlich ein Amateur ist, in Wirklichkeit aber kein Amateur ist, weil er wie ein Profi trainiert"; und sie schlossen den Etappensieger von der weiteren Rundfahrt aus.

Am nächsten Tag regnete es in Strömen. Es war kalt und ein scharfer Wind blies. Das Feld radelte verdrossen dahin. Einem der Sportler jedoch, der am Vortag gar nicht aufgefallen war, schien das Wetter überhaupt nichts auszumachen. Er radelte wie wild geworden und gewann mit einem Traumvorsprung von sage und schreibe 30 Minuten.

Auch an diesem Tag trat die Rennleitung zusammen, und wieder kam eine Abordnung der Fahrer:

„Heute war schlechtes Wetter", sagten sie, „heute war schlechtes Wetter, es regnete in Strömen, und der Wind war kalt. Viele von uns husten und niesen. Dem aber, der gewonnen hat, wurde von seinen Eltern eine widerstandsfähige Natur vererbt. Ihm schadet weder Regen noch Kälte noch Wind. Er spürt das offenbar gar nicht. Das aber sind keine gleichen Bedingungen. Wo kämen wir hin, wenn statt des sportlichen Erfolges angeborene Widerstandskräfte prämiert werden?"

„Es ist wahr", sagte die Rennleitung, „wo kämen wir da hin?" und sie schlossen auch diesen Tagessieger von der weiteren Rundfahrt aus.

Am nächsten Tag war herrliches Wetter. Die Rundfahrt rollte dahin, keiner riß aus, das Feld blieb geschlossen, und erst vor dem Ziel spurteten alle wie wahnsinnig.

Diejenigen, die ganz vorne waren, rempelten sich jedoch gegenseitig nieder und Tagessieger wurde einer mitten aus dem Feld, dem es am besten gelungen war, über die am Boden liegenden Kollegen hinwegzukommen, ohne dabei selbst zu stürzen.

Er erhielt unter großem Applaus das gelbe Trikot. Diesmal protestierte keiner; die Verletzten wurden verarztet.

Der folgende Tag brachte die schwere Bergwertung. Im Schweiße ihres Angesichtes arbeiteten sich die Rennfahrer den Berg hinauf. Sobald einer ausriß, traten die anderen fester in die Pedale und holten ihn wieder ein. Dann stürzten sie sich todesmutig den Berg hinunter. Bei einem versagten die Bremsen. Er wurde schneller und immer schneller. Mit angstverzerrtem Gesicht legte er sich in die Kurven. Alle glaubten, er werde zu Tode stürzen, doch sein Schutzengel half ihm und er gewann den Tagessieg.

Als die Rennleitung tagte, kam wieder die Delegation: „Wo kämen wir da hin, wenn einer gewinnt, nur deshalb, weil er einen Schutzengel hat?", riefen sie empört, „wo bleibt da die Gerechtigkeit?"

Doch diesmal war die Rennleitung unsicher. Das mit dem Schutzengel war doch nur eine Annahme, durch nichts bewiesen. Deshalb machten sie eine Urabstimmung unter den Rennfahrern. Natürlich geheim. Die große Mehrheit war dafür, den Mann mit dem Schutzengel von der letzten und entscheidenden Etappe auszuschließen. Also beschloß die Rennleitung, daß auch dieser Fahrer auf die weitere Teilnahme verzichten müsse und begründete dies mit den defekten Bremsen, die keine gleichen Bedingungen zugelassen hätten.

„Wer sein Rad nicht in Ordnung hält, muß eben mit dem Ausschluß rechnen, denn das Eingreifen von Schutzengeln kann logischerweise nicht einkalkuliert werden", lautete die von allen Zeitungen durchaus als korrekt bewertete Begründung der Rennleitung.

Es kam der letzte Tag des großen Rennens. Das Feld fuhr geschlossen dahin, nur einer hatte Pech. Sein Reifen platzte und er mußte das Rad tauschen. Als er damit fertig war, hatte er seine Kollegen aus den Augen verloren, fuhr rasch dahin und verfehlte den Weg.

So bemerkte er gar nicht, daß die anderen fluchend vor einem Bahnschranken halt gemacht hatten, der deshalb eine Ewigkeit geschlossen blieb, weil eine Verschubgarnitur ständig hin und her fuhr.

Unser Pechvogel fand auf seinem Umweg jedoch offene Schranken vor, kam zufällig wieder auf die Hauptstrecke zurück und radelte mutterseelenalleine weiter. Natürlich glaubte er, der Letzte zu sein, in Wirklichkeit aber war er der Erste.

Knapp vor dem Ziel, als er meinte, schon alles verloren zu haben, hörte er hinter sich ein großes Geschrei.

Das Feld kam, hatte ihn erblickt und wollte ihn um jeden Preis vor dem Ziel abfangen.

Unser junger Freund erkannte jedoch blitzschnell seine Chance, strampelte wie vom Bösen besessen und gewann als vielbejubelter Sieger die Rundfahrt, den Pokal und den Geldpreis.

Am nächsten Tag schrieben die Zeitungen begeistert, daß wieder einmal der Tüchtigste und der Beste gewonnen habe und wählten ihn zum Sportler des Jahres.

Wie Delfi den lieben Gott suchte

Delfi war, wie sein Name schon erwarten läßt, ein kleiner Delphin, einer jener Meeresbewohner, von welchen wir heute wissen, daß sie nicht nur denken können und eine eigene Sprache haben, sondern auch allein oder sogar im Chor singen.

Unser kleiner Delfi war mit einem Menschenmädchen befreundet, das von den Eltern den Namen Dorothea, sonst aber nicht viel bekommen hatte. Dorothea lebte bei einer Ziehmutter, die sich wenig um das Kind kümmerte, ging in die Sonntagsschule und spielte die übrige Zeit am Meeresstrand. Hier lernte sie Delfi kennen und die beiden wurden Freunde.

„Do", wie sie von ihren Mitschülern meist genannt wurde, erzählte Delfi all das, was sie in der Sonntagsschule vom Prediger gehört hatte, von Adam und Eva, von dem großen Wal, der den Propheten geschluckt und wieder ausgespuckt hatte, vom lieben Gott, der auf den Wolken sitzt, einen langen Bart hat und die Weltkugel in der Hand trägt sowie von dem Herrn Jesus, der sogar Tote erwecken konnte.

Delfi gefielen die Geschichten überaus gut und er war nur traurig, daß das Mädchen nicht auch ihn verstehen konnte.

So gerne hätte er seiner Freundin etwas berichtet, von seiner Mutti, von den lieben Tanten und von dem großen, alten Weisen, der weit draußen im Meere wohnte und von dem die Delphine sagten, daß er alles wisse, was es im Meere, auf dem Land und in der Luft gäbe.

Do aber verstand ihn nicht und lachte nur. Wenn sie am Strand im seichten Wasser plantschte, „Delfi, Delfi!" rief und in die Hände klatschte, kam dieser alsbald herbeigeschossen, machte seine Kapriolen und Do war glücklich.

Delfi aber wurde von Tag zu Tag trauriger.

Denn **eine** Frage quälte ihn: Warum sagte Do immer, daß der liebe Gott wie ein Mensch aussehe? Konnte der liebe Gott nicht ein Delphin sein, größer, älter und viel, viel weiser noch als der große Alte?

Do hatte ihm auch erzählt, daß nur die Menschen eine unsterbliche Seele hätten, die nach dem Tode in den Himmel komme; warum waren die Delphine dazu verdammt, im Meer zu sterben und für immer zu vergehen?

Do, die mit Delfi im seichten Wasser herumtollte, wunderte sich oft, warum dieser plötzlich zu spielen aufhörte und ohne jeden Abschied im Meer verschwand.

„Was hat er nur?", dachte sie, „ich habe ihm doch nichts getan?" Dann stand sie und starrte ein paar Minuten auf das Meer, schnippte aber alsbald mit den Fingern und meinte zu sich selbst „so sind die Männer halt", lief ans Ufer und suchte bunte Steine.

Delfi aber schwamm nach Hause, denn jetzt wollte er einmal ernst mit seiner Mutter sprechen. Am Wege traf er seine Tante Gundi. „Tante Gundi!", rief Delfi schon aus der Ferne, „bitte sage mir, wie schaut der liebe Gott aus und wo wohnt er, in der Luft, auf dem Boden oder bei uns im Meer?" Doch Tante Gundi schüttelte nur verwundert den Kopf. „Ich habe schon viele kleine Delphine aufgezogen, aber so dumme Fragen, wie du, hat mir noch keiner gestellt".

„Ich bin nicht dumm!", rief Delfi und schwamm beleidigt weiter. Diese Tante Gundi! Sie wußte zwar, wo es das beste Futter gab, auch ließ sie ihm immer die schönsten Happen zukommen, doch vom lieben Gott verstand sie offenbar gar nichts.

Endlich fand Delfi seine Mutter. Doch jetzt war er mit seinen Fragen schon vorsichtiger. „Mutti", meinte er, „ich möchte dich etwas fragen." „Also, was gibt es?", bekam er zur Antwort,

„hast du dich vielleicht in ein hübsches Delphinmädchen verliebt, mein Kleiner?"

„Aber nein", stammelte Delfi und wurde rot, „ich will etwas ganz anderes wissen: **Wie** schaut der liebe Gott aus?" **Wo** der liebe Gott wohne, wagte er gar nicht mehr zu fragen, Tante Gundi hatte ihm doch etwas den Mut genommen.

„Also so was", meinte seine Mutter. „das hat mich noch keiner gefragt. Wie soll der liebe Gott denn aussehen? – Wie ein großer, alter und wunderschöner Delphin natürlich. Weißt du nicht, daß wir Delphine die Krone der Schöpfung sind? Wie kann Gott anders ausschauen, als die klügsten und besten seiner Geschöpfe?"

Doch Delfi war mit dieser Antwort nicht zufrieden.

„Du wirst schon recht haben. Mama", sagte er, „doch Do meint, daß der liebe Gott ..."

„Do?", unterbrach ihn seine Mutter, „also doch ein Mädchen?"

„Ja, nein, eigentlich nicht, oder schon", stotterte Delfi, „Do ist ein Mädchen, aber ein Menschenkind. Und sie erzählt mir immer so schöne Geschichten. Do hat gesagt, daß der liebe Gott wie ein Mensch ausschaut und im Himmel wohnt, ganz oben in den Wolken!"

„Die Menschen sind nicht dumm", gab seine Mutter zur Antwort, „das haben wir schon oft erfahren. Aber es gibt nicht nur gute, sondern auch viele böse Menschen. Wir Delphine tun keinem von ihnen etwas zu leide. Im Gegenteil, wenn einer ins Wasser fällt und herumstrampelt, weil er nicht gescheit schwimmen kann, retten wir ihn und Dank haben wir noch nie dafür verlangt. Aber was tun die Menschen? Sie fangen uns, sie töten uns oder quälen uns in kleinen Gefängnissen, die sie dann eine ‚Delphinshow' nennen. Sie führen auch Kriege und bringen sich gegenseitig um; und für Geld sind sie für jede Schandtat zu haben. Wie **solch** ein Mensch soll der liebe Gott aussehen? Nie und nimmer glaube ich das!"

„Aber Do ist nicht böse!", rief Delfi, „und sie sagt mir immer nur die Wahrheit!"

„Ja", meinte seine Mutter, „dann ist es wohl das beste, du fragst den großen Alten. Er weiß alles und du bist ein aufgeweckter Junge. Schwimm zu ihm in den tiefen Korallengrund. Hab keine Angst, er tut dir nichts. Schwimm, mein Kind. Aber es ist ein weiter und gefährlicher Weg. Hüte dich vor Haien und vor bösen Menschen."

Delfi nickte mit dem Kopf und schwamm. Seine Mutter aber sah ihm etwas besorgt nach. Ihr immer lustiger Delfi und solche Fragen, wer hätte das gedacht.

Delfi aber schwamm und schwamm, drei Tage und drei Nächte, und als er schon ganz müde war, erreichte er endlich den Korrallengrund. Dann sah er in der Ferne den großen Alten, und das Meer rauschte, wenn er an die Oberfläche ging, um zu atmen, und es hörte sich an, wie das Stöhnen einer ganzen Delphinschule. Weit und breit war kein gefährlicher Hai zu sehen, denn alle hatten Furcht vor dem Gewaltigen.

Auch Delfi schwamm nur zögernd näher.

Der große Alte aber war freundlich und winkte ihn zu sich heran.

„Sprich, mein Kind", sagte er, „was wünschest du?"

„Bitte, lach mich nicht aus", stammelte Delfi, „aber meine Mutti schickt mich, denn ich habe **drei** Fragen. Und ich bin so traurig, weil niemand die Antwort weiß. Do hat zwar gesagt, ..."

„Wer ist Do?", wollte auch der Alte wissen.

„Do ist ein Menschenmädchen. Und sie ist immer lustig und

sie ist schrecklich gescheit. Sie erzählt mir, was sie in der Sonntagsschule gelernt hat und jetzt möchte ich gerne wissen...“

„Sprich ruhig“, forderte ihn der große Alte auf, als Delfi zögerte.

Delfi mußte schlucken. Am liebsten wäre er wieder daheim bei seiner Mutter gewesen. Doch jetzt konnte er nicht mehr davonschwimmen. Das wäre unhöflich und feige. Er überlegte, wie er anfangen sollte. Der große Alte wartete geduldig.

Dann begann Delfi, und seine Stimme war so leise, daß man sie kaum hörte. „Wie“, fragte er, „wie schaut der liebe Gott aus? Wie ein Delphin oder wie ein Mensch?“ Dann blickte er den großen Alten scheu von unten an und wartete auf ein Donnerwetter.

Doch der große Alte ging nur einmal an die Oberfläche, atmete tief durch, kam wieder herunter und sagte: „Weiter, mein Sohn.“

Jetzt hatte Delfi Mut bekommen. „Meine zweite Frage lautet: Wo wohnt der liebe Gott? Im Himmel, auf der Erde oder bei uns im Wasser, im Meer?“ Delfi machte eine Pause.

Der große Alte war etwas unruhig geworden. Er schwamm zwei Kreise, dann kam er zurück. „Und die dritte Frage?“

„Ja“, meinte Delfi bekümmert, „das ist die schwerste: Haben auch wir Delphine eine unsterbliche Seele, können auch wir in den Himmel kommen und wo ist dieser Himmel?“

Dann schluchzte er: „Ich will nicht, wenn ich einmal sterbe, auf immer tot und vergangen sein!“

Der große Alte, sonst die Ruhe in Person, schien mit einem Mal recht aufgeregt zu sein. Er schwamm hastige Kreise, fuhr in die Tiefe und an die Oberfläche, dann ließ er sich langsam zu Delfi sinken.

„Mein Kind", sprach er, „mein Kind, jede Kreatur kann sich Gott nur so vorstellen, wie sie selbst aussieht.

Und, wenn Gott nicht **in** dir wohnt, so ist es völlig unerheblich, wo er wohnt.

Was aber die unsterbliche Seele und unseren Delphinhimmel betrifft, so möchte ich dir sagen..."

Der große Alte schwieg plötzlich. Schon während der letzten Worte hatte er etwas unkonzentriert gewirkt und mitunter in die Ferne gelauscht. Jetzt stieß er Delfi an: „Komm rasch, wir müssen fort von hier. Ich höre Fischerboote, sie werfen Dynamitbomben, um uns Delphine zu töten. Rasch, rasch, komm mit mir!"

Und er schwamm davon, daß das Meer aufrauschte.

Delfi konnte nicht so rasch folgen. Er keuchte hinter dem großen Alten her. –

Die Explosionen kamen immer näher.

Schon spürte Delfi die gefährlichen Druckwellen.

Da kehrte der große Alte um und rief: „Beeil dich! Schwimm weiter. Ich lenke sie ab. Kümmere dich nicht um mich! Rasch, rasch!"

Und er schwamm zurück, genau in die Richtung der Explosionen, ging an die Oberfläche und zeigte sich den Mördern.

Delfi schrie auf: „Nein, ich will nicht, daß du dich opferst, um mich zu retten: du mußt auch noch meine dritte Frage nach dem Himmel beantworten, bitte!"

Der große Alte war schon weit zurückgeschwommen. Jetzt wandte er sich um und rief feierlich: „Das glasklare, goldene, immer leuchtende Meer ..."

Dann zerriß ihn eine Wasserbombe und alles wurde rot.

Die Druckwelle erreichte Delfi, doch sie ward ihm zum Glück. Sie warf ihn geradezu aus der Gefahrenzone.

Völlig verstört erreichte er nach vielen Tagen seinen Strand. Hier spielte Do gerade mit kleinen Krabben. Als sie Delfi erblickte, rannte sie ins seichte Wasser und rief: „Wo bist du nur geblieben? Ich wollte dir doch erzählen, was wir neulich in der Sonntagsschule gelernt haben!"

Delfi sah sie fragend an. Seine Tränen konnte sie nicht erkennen.

Do hüpfte von einem Bein auf das andere. „Stell dir vor", rief sie, „wir haben gelernt, daß im Himmel ewige Freude sein wird; niemand braucht mehr zu weinen. Die **guten Menschen** werden ewig glücklich sein, in weißen Gewändern vor Gottes Thron stehen und sein Lob singen. Die Engel aber, ..." Sie unterbrach sich, denn Delfi hatte kehrtgemacht und war davongeschwommen.

„Delfi, Delfi!", schrie sie, „warum schwimmst du davon, wenn es am schönsten wird? Bist du schon wieder beleidigt?"

Und sie stand und schaute über das Meer. Es war ein ruhiger Abend. Das Meer lag glatt wie ein Spiegel und die untergehende Sonne malte rote und gelbe Flecken auf das Wasser.

Der Rücken des kleinen Delphin tauchte in der Ferne auf, verschwand und tauchte wieder auf, wurde kleiner und kleiner und seine Spur ließ das Wasser erglänzen und verlor sich in der Unendlichkeit.

Delfi war aufgebrochen, Gott selbst zu suchen.

Do aber sah ihn in der Ferne verschwinden, blickte ihm lange nach und zerdrückte eine Träne, denn sie wußte, daß sie ihn nicht wiedersehen würde.

Dann schnippte sie, wie gewohnt, mit den Fingern und wollte am Strand nach bunten Steinen sehen.

Doch dazu war es bereits zu dunkel ...

's Reserl von der Alm

Als die Resi achtzehn Jahre alt war, sagte der Bauer zu ihr: „Du bist a tüchtige Dirn, Reserl. Und weil du allweil so anstellig warst, darfst auf die Alm gehen. Als Sennerin."

Darüber freute sich das Reserl sehr. Als Sennerin auf die Alm geschickt zu werden, war eine große Ehr. Selbständig mußte man sein und tüchtig.

Auch hatte man keine kleine Verantwortung für das Vieh zu tragen.

Natürlich war eine Sennerin viel allein. Der Halterbub war einmal auf der einen, dann auf der anderen Alm und der Bauer oder sein Obermoar kamen nur zum Wochenende, Milch, Butter und Topfen holen sowie Nachschau halten, ob mit dem Vieh alles in Ordnung sei.

Am Tag des Almauftriebes erhielt Reserl von der Bäuerin ein Dirndl und ein paar feste Schuhe geschenkt und von der Ahndl sogar ein Kopftüchl.

Stolz ging sie mit dem Vieh den Berg hinauf, und man wußte nicht, wer mehr stolz war, 's Reserl oder d' Edelweiß, die Leitkuh, die mit der Glocke bimmelte und ihre rot- und goldgeschmückten Hörner trug, wie ein Graf seine Krone.

Dann war man auf der Alm. Der Schmuck wurde abgenommen und der Alltag begann.

Eine Woche war noch der Halterbub da, um dem Reserl beim Einstand zu helfen, doch er machte viel Unsinn, sodaß die Resi zum Schluß froh war, als er juchzend davonsprang, hinunter ins Tal. Nun war 's Reserl allein.

Fad wurde dem Reserl nicht. Achtzehn Kühe und über dreißig Schafe hatte sie zu betreuen. Gemolken mußte werden, abgerahmt und Butter geschlagen. Dazwischen kochen und die Hütte sauber halten. Bei Schlechtwetter auf das Vieh achten, daß ja keines bei Blitz und Donner abstürze oder sich verlief.

Am Abend, bevor 's Reserl auf ihren Strohsack kroch, strickte sie an einem langen Schal für die Ahndl oder schnitzte ein wenig an den Holzformen für Butterstriezel herum. Mit Petroleum mußte man sparen, deshalb sagte sie, sobald es dunkel wurde, dem lieben Herrgott in der Ecke „Gute Nacht" und fiel, müde und zufrieden, in ihr Bett.

Eines Nachts klopfte und pumperte es ungestüm an ihrer Tür. Als sie erschrocken aufmachte, stand im Mondlicht ein Mann vor ihr, den Stutzen in der Hand und das Gesicht mit Ruß schwarzgefärbt.

„Der Wilderer-Toni", fuhr es ihr durch den Kopf.

Er aber stieß sie sofort zur Seite. „Du mußt mich verstecken, sie sind hinter mir her!"

„Aber wo denn?", fragte 's Reserl ganz verzagt, „ischt ja nirgends ein Versteck!"

„In dein' Bett, wo sonst?!" Schon lag er darin. Mit der schönen Decken wischte er sich, so gut es ging, den Ruß vom Gesicht.

„Rasch, komm her, leg dich zu mir und deck mich zu, daß mich keiner sieht oder kennt. Wenn schon, dann sag, i bin dei Bua!"

Die Resi wußte nicht, wie ihr geschah. Schon hörte sie die Tritte des Jägers. Voll Angst schlüpfte sie zum Toni ins Bett und zog die Decke über seinen Kopf.

Sie zitterte am ganzen Leib.

Da riß schon der Jäger die Tür auf. „Reserl", schrie er, „hast den Wilderer-Toni g'seh'n?"

„Jessas na!" kreischte 's Reserl. „Den Wilderer-Toni? Ist er gar hier auf der Alm?"

„Er kann net weit sein!", brummte der Jäger. „Wenn er net hier ist, ist er anderswo! Pfüat di, Reserl!" Und er war fort, ohne in die Schlafkammer geschaut zu haben.

Als er den Jäger nicht mehr hörte, wartete der Wilderer-Toni noch ein wenig, dann kroch er unter der Decke hervor. „Brav warst, Dirndl. Dös will i dir nie vergessen!"

Dann ging er zum Zuber, wusch sich das Gesicht ganz sauber, zog sich aus und stieg wieder zur Reserl ins Bett.

„Dafür will i jetzt recht liab zu dir sein!"

„Wirst gehn oder i schrei!", wehrte das Reserl ab, aber der Mann war viel stärker als sie.

„Je höher die Alm,
desto schärfer der Wind!", lachte er,
„Je schöner die Sennerin,
desto kloaner die Sünd!",

und nahm die sich Wehrende mehr oder minder mit Gewalt.

Bevor noch die Sonne aufging, schlich er fort und zurück blieb ein Reserl, voller Scham und Zorn und blauer Flecke.

So also wars auf der Alm, wenn der Herrgott net gnädig war. „Morgen kimmt der Bauer", dachte 's Reserl, dem würde sie alles derzählen, und keinen Tag länger auf der Alm bleiben.

Es kam aber nicht der Bauer, sondern der mürrische Obermoar und da verließ sie der Mut.

Alles sei in Ordnung, ja, das Vieh sei gesund und fünf Schafe hätten Junge geworfen. Ein Jungschaf hätte sie gestern den ganzen Tag lang suchen müssen.

Der Obermoar nickte nur, nahm die Buckelkraxn und stieg ins Tal. Und das Reserl war wieder allein.

Die Tage vergingen und die Wochen. Manchmal ergriff sie eine unklare Sehnsucht und ihr Herz wurde unruhig; dann konnte sie lange auf einem Felsbrocken sitzen und in die Ferne starren. In solchen Stunden kam sie das Alleinsein mitunter gar hart an.

Ein paar Mal war zwar noch der Wilderer-Toni gekommen, ohne Stutzen und ganz sauber. Ein fescher Bua war er ja; das Reserl aber sprach kein Wort mit ihm und gab ihm auch nichts zu essen. So gab er es nach einiger Zeit auf und suchte sich eine andere Sennerin.

Als der feierliche Almabtrieb kam und 's Reserl kein einziges Tier verloren hatte, war der Bauer mit ihr sehr zufrieden. Ein neues Gewand schenkte er ihr und ein Kopftüchel.

Das Jahr darauf durfte 's Reserl wieder auf die Alm. Auch in diesem Sommer hatte sie ein Erlebnis.

Ein einsamer Tourist kam bei ihrer Hütte vorbei und bat um ein Glas Milch. Es war ein großer, blonder Mann und, wie 's Reserl dachte, so um die dreißig Jahre alt.

Der Mann gefiel ihr auf den ersten Blick. Auf den Zwölferstein wolle er hinauf, der locke ihn schon lange, mit seinen steilen Gipfelfelsen.

„Ganz allein?", wunderte sich das Reserl. „Das ischt nicht ungefährlich". Auch sollte er sich wohl beeilen, denn es werde sicher schlechtes Wetter kommen.

Der Mann lachte. „Man sieht ja keine Wolke am Himmel."

„Man hört aber die Kirchenglocken ganz laut aus dem Tal", gab 's Reserl zu bedenken, „das ist immer a schlechtes Zeichen".

Der Mann meinte freundlich, daß er sich nicht fürchte, gab dem Reserl ein Geldstück, das sie partout nicht nehmen wollte und stieg weiter, den Berg hinan.

's Reserl sah ihm lange nach. „A fescher Mensch!", dachte sie. Dann ging sie wieder an ihre Arbeit. Doch heute wollte ihr nichts so recht gelingen. Als sie die Butter schlug, wurde ihr der Rahm sauer und beim Melken trat ihr die Edelweiß gar hart auf den Fuß. „Was ischt mit mir nur los?", dachte 's Reserl, „spinn i?"

Wie sie dem Touristen vorausgesagt hatte, brach nach ein paar Stunden ein gewaltiges Unwetter los. Taubeneigroße Hagelschloßen prasselten auf das Dach der Almhütte, es blitzte und donnerte gar grauslich und das Reserl betete beim Herrgott im Winkel für den fremden Mann, daß ihm kein Unheil widerfahre.

Schon wurde es Nacht, als sie Schritte hörte. Naß bis auf die Haut und von einem Steinschlag auf die Stirne getroffen, daß ihm das Blut hinunterlief, kam der Wanderer zurück und war zu Tode froh, Schutz und Wärme in der Hütte zu finden.

Das Reserl war richtig aufgeregt, sorgte in der Hütte herum und verband ihm die Stirn. Oben am Gipfel war er gewesen und beim Abstieg hatte ihn das Wetter überrascht. Sie hatte also doch recht gehabt. So ein Narr, der Blitz hätte ihn derschlagen können.

Sein nasses Zeug mußte er ausziehen und ans Feuer hängen, und 's Reserl gab ihm eine Decke, in die er sich wickelte. Dann kochte sie einen Sterz, fett und dick, und schenkte ihm ein Stamperl Zirbengeist ein.

Trocken, verbunden, satt und zufrieden, saß der Mann auf der Bank und seine Augen ließen 's Reserl nicht los.

Sie wirtschaftete herum und sagte endlich: „Sie werden müde sein, ich mach Ihnen 's Bett."

„Ja, ja", meinte der Mann, „das ist wirklich lieb von Ihnen, aber wo werden Sie schlafen?"

„Hier auf der Bank, mir macht das nichts aus".

„Nein", protestierte der Mann, „wenn schon, dann schlafe ich auf der Bank und Sie im Bett. Das wäre ja noch schöner, wenn ich Ihnen Ihr Bett wegnehme!"

Das Reserl gab nicht nach, er aber auch nicht. So beschloß man endlich, sich das Bett zu teilen.

Zuerst versuchte der Mann, so gut es ging, Platz zu machen und das Reserl nicht zu berühren.

Als sie sich aber langsam immer mehr an ihn kuschelte, begann er sie zart zu streicheln und zu kosen und er war so lieb zu ihr, daß ihr ganz schwindelig wurde.

Einen Augenblick dachte sie an den Wilderer-Toni, wie er sie mit Gewalt genommen hatte, aber dann verscheuchte sie diesen Gedanken und war nur glücklich.

Am nächsten Morgen standen sie zeitlich auf. 's Reserl machte die Milch heiß. Sie frühstückten, ohne ein Wort zu sprechen, doch der Mann war ein wenig verlegen; zart und scheu streichelte er ihr die Hand. Dann erhob er sich: „Leb wohl, Reserl!" Sie gab ihm die Hand „Pfüit di".

Am liebsten hätte sie geheult. Da beugte er sich vor und gab ihr ein Busserl auf die Stirn. Nun schossen ihr tatsächlich die Tränen in die Augen. Er sah es und zögerte einen Augenblick; hierauf nahm er ihr Gesicht in beide Hände und gab ihr einen Kuß, einen richtigen, langen Kuß mitten auf den zuckenden Mund. Dann sagte er ganz ernst: „Reserl, ich komme wieder". „Ischt recht", meinte 's Reserl. „I wart auf di!"

Er wandte sich ab und ging raschen Schrittes den Berg hinunter. Am Waldrand drehte er sich um und winkte.

Lange starrte ihm 's Reserl nach. Mit dem Schürzenzipf wischte sie sich über die Augen.

Die Jahre vergingen. Als ihrer fünf um waren, bat sie den Bauern, auch weiterhin Sennin bleiben zu dürfen. Da es keine

Bessere gab, war der Bauer damit einverstanden und ab nun zog sie jedes Jahr mit dem Vieh auf die Alm.

So mancher Bub wollte ihr Liebster werden, doch sie wies alle lachend ab. Als der Bauer sie darüber freundlich zur Rede stellte, sagte sie nur ganz verschmitzt:

„Vielleicht hab i an Buam?"

Der Bauer lachte: „Epa den Berggeist von der Alm?"

Doch 's Reserl schupfte nur die Schultern und murmelte unhörbar vor sich hin: „Er hat gesagt, er kommt; und g'logen hat der sicher nit!"

Die Zeit verstrich, der große Krieg kam, die Not und der Wiederaufbau, alles veränderte sich, nur die Alm blieb immer gleich.

's Reserl war nicht mehr jung, tat aber wie immer ihre Arbeit, melkte die Kühe, rahmte die Milch, schlug die Butter und bewachte die Schafe.

Manchmal kam ein Wanderer vorbei, auf ein Glas Milch oder einen Sterz. Wenn einer übernachten wollte, so hatte sie dafür jetzt eine eigene Kammer, die ihr der Bauer an die Hütte angebaut hatte.

Dreißig, oder vielleicht auch vierzig Jahre mögen ins Land gezogen sein, als eines Tages ein Wanderer den Berg hinan keuchte. Langsam ging er, ein alter Mann, die Luft blieb ihm weg und alle paar Schritte mußte er stehenbleiben.

Das Reserl sah ihn schon von weitem und staunte.

Was hatte so ein alter Dadderer hier oben auf der Alm zu suchen? Doch als er aufatmend vor ihr stehen blieb, erkannte sie ihn.

„Bischt also doch noch komman!", meinte sie freundlich und reichte ihm die Hand.

„Ja, Reserl!", seufzte der Mann, „hoffentlich bist nicht böse, daß es so lange gedauert hat. Weißt eh, die Geschäfte, die Sitzungen, Reisen, die liebe Familie und all die anderen Verpflichtungen. Aber jedes Jahr, ich schwör dir, jedes Jahr hab ich mir vorgenommen, ich muß hinauf auf die Alm, zu ... äh, zu meiner Resi!"

„I weiß", unterbrach ihn die Resi, „ihr Stadtischen habt alleweil so viel zu tun, daß ihr zu rein gar nix kommt".

„Lang hat's dauert", sagte der Mann, „lang hat's dauert, aber da bin ich".

Nach diesen Worten wurde er plötzlich ganz grau im Gesicht.

„Jessas", rief 's Reserl, „ischt dir nicht gut?"

Er setzte sich mit ihrer Hilfe auf die Bank, dann fiel ihm der Kopf auf den Tisch.

Sie zerrte ihn in die Stube, legte ihn aufs Bett und machte ihm einen kalten Umschlag auf die Stirn. Dann fuhr sie in die Schuhe und rannte, so rasch es nur ging, den Berg hinunter, ins Tal, um Hilfe zu holen.

Gegen Morgen war sie mit den Männern wieder auf der Alm.

Der Mann lebte zwar, war aber nicht recht bei sich.

Sie hoben ihn auf eine Trage und begannen den Abstieg ins Tal, nachdem ihm 's Reserl noch ein Kreuzerl auf die Stirne gezeichnet hatte.

Der Halterbub sprang um die Männer herum und war bald vorne und bald hinten.

Lange sah sie ihnen nach. „So hab ich mirs eigentlich nit vorgestellt", murmelte sie. „So nit. Aber kommen ischt er doch!"

Nach ein paar Tagen hüpfte der Halterbub herbei und berichtete, daß der Fremde ins Spital gebracht worden sei und daß es ihm schon besser gehe.

Der Bürgermeister hätt es dem Bauern derzählt.

Am Weg hinunter allerdings habe er zeitweise geschlafen, dann aber spintisiert und immer wieder gemurmelt: „Reserl, ich komm ja, Reserl, ich komm!"

Dann sah der Bub die Frau schief von unten an: „Hast ihn vielleicht kennt, wiast jung warst? He?"

„Blöder Bua", sagte das Reserl lachend und ging mit den Salznocken auf die Weide. „Weiberle-e, Weiberle-e", schrie sie, um die Kühe zu locken.

Plötzlich aber blieb sie stehen und jodelte, daß es über die ganze Alm schallte.

Der Halterbub aber, der gerade an einer Pfeife schnitzte, die er dem Ahndl zu Weihnachten schenken wollte, war darüber ganz verdattert. „Mir scheint, das alte Reserl ist wieder jung wordn", lachte er vor sich hin, „irgendwas muß do amol mit dem Stadtfrack gwesen sein! Faustdick hat sie's hinter den Ohren, die Resi!"

Dann sprang er auf, stieß ebenfalls einen Juchzer aus und sprang wie ein junger Gamsbock ins Tal.

Denn morgen war Kirchweih und da wollte er unbedingt dabei sein.

Der Zeuge

Es war das erste Mal, daß er zu Gericht mußte. Zwar nur als Zeuge, aber immerhin als Kronzeuge.

Es war ein Mordprozeß; ein Indizienprozeß. Er hatte den Täter gesehen und bei der Gegenüberstellung zweifelsfrei wiedererkannt.

Er war aufgeregt. Die Zeitungen würden über ihn schreiben. Die Familie ihn bewundern.

Als er zum Gerichtsgebäude kam, hatte er noch eine Stunde Zeit. Er war zu früh vom Büro weggefahren; also parkte er sein Auto in der Nähe, nahm, da das Wetter unsicher schien, den neuen Regenschirm und sah sich die Auslagen an. Ein Buch erregte seine Aufmerksamkeit. Er betrat den Laden, stellte seinen Schirm in den Ständer und begann in dem Buch zu blättern. Es war sehr interessant, aber bevor er es kaufte, wollte er noch mit seiner Frau darüber sprechen. So bedankte er sich und trat wieder auf die Straße.

Es war ein wenig spät geworden. Eilenden Schrittes suchte er das Gerichtsgebäude auf.

Er wurde aufgerufen und vereidigt:

„Die Wahrheit, und nichts als die Wahrheit, so wahr mir Gott helfe!"

Jawohl, er erkenne den Angeklagten wieder. Es sei zwar schon drei Jahre her, daß er ihn damals gesehen habe, auch sei es, wie er zugeben möchte, ein wenig dunkel gewesen, doch für ihn bestünde an der Person selbst kein Zweifel. Die blonden, kurz aufgestellten Haare, die Größe, das Alter, die Sprechweise, die Stimme, die Gestalt, alles stimme überein.

Auch, als ihn der Verteidiger ins Verhör nahm, blieb er bei seiner Aussage.

Er habe ein gutes Gedächtnis. Ein Irrtum sei ausgeschlossen. Natürlich sei er sich bewußt, daß es um das Schicksal eines Menschen gehe, auch um dessen Familie. Doch er könne nicht mehr und nicht weniger sagen, als er bereits gesagt hätte. Es sei die reine und ungeschminkte Wahrheit.

Der Richter schien vom verzweifelten Leugnen des Angeklagten doch etwas beeindruckt. Ob er auch sicher sei, ganz sicher?

Er blieb bei seiner Aussage. Er irre sich nicht. Der Richter bedankte sich seufzend; die Blitzlichter zuckten. Der Angeklagte, der seine Unschuld wieder und immer wieder beteuerte, wurde auf Grund der Zeugenaussage verurteilt. Zwei Justizbeamte schleppten den Zusammengebrochenen hinaus.

Unser Freund trat auf die Straße. Ihn fröstelte. Es hatte nun stark zu regnen begonnen. Er wollte seinen Schirm aufspannen und bemerkte, daß er ihn irgendwo vergessen hätte. Wo war er nur gewesen? Richtig, er hatte ihn im Buchladen stehen lassen. Er eilte hin, doch da war kein Schirm. Er ärgerte sich.

Wahrscheinlich hatte ein anderer Kunde den Schirm mitgenommen. Oder vielleicht sogar der junge Verkäufer, der so höhnisch lächelte? Doch zu beweisen war nichts.

Der Verlust mußte ertragen werden. Natürlich würde seine Frau nörgeln. Er hätte den Schirm nicht aus der Hand geben sollen.

Er eilte zu seinem Auto und wurde dabei ordentlich naß. Das Wasser rann ihm in die Augen. Er sperrte den Wagen auf und ließ sich auf den Sitz fallen. Zu seiner rechten Hand, am Beifahrersitz, lag der vermißte Regenschirm. —

Er griff danach, schüttelte den Kopf und mußte über sich selbst lachen.

Also hatte er sich die ganze Sache mit dem Regenschirm nur eingebildet; dabei hätte er schwören können — schwören — s c h w ö r e n — er hörte plötzlich seine eigene Stimme:

„Die Wahrheit und nichts als die Wahrheit, so wahr mir Gott helfe!"

Er bedeckte die Augen mit den Händen und stöhnte in tiefer Qual; zwischen seinen Fingern quollen Tränen ...

Mitzi

Dies ist nicht die Geschichte eines Kaisers oder eines Königs; es ist nicht die Geschichte eines berühmten Arztes oder Künstlers; es ist auch nicht die Geschichte eines besonders gescheiten oder auffallend schönen Menschen, nein, es ist lediglich die traurige Geschichte der kleinen Mitzi ...

Die kleine Mitzi war das siebente Kind eines Bauern.

Als sie 15 Jahre alt war, sagte ihre Mutter:

„Kind, so leid es mir tut, du mußt dir eine Arbeit suchen. Hier am Hof arbeiten deine Geschwister und wir können auf die Dauer nicht alle durchfüttern. Also fahr in die Stadt und suche dir eine Stelle; ein paar Adressen von Bekannten gebe ich dir mit".

Die kleine Mitzi weinte ein wenig und fuhr in die Stadt.

Und sie hatte Glück. Gleich bei der ersten Vorsprache meinte die Hausfrau:

„Das ist schön, daß Sie kommen. Ich erwarte mein zweites Kind und brauche Hilfe. Sie können gleich dableiben."

Als ihr Mann nach Hause kam und den Familienzuwachs bemerkte, war er nur wenig begeistert, denn er war Lehrer und verdiente nicht allzuviel. Zu Mitzi aber war er freundlich, wies ihr einen Platz am Mittagstisch zu, stellte im Kabinett ein Klappbett auf und war letztendlich froh, daß seine Frau eine Hilfe bekommen hatte.

So verging ein Jahr, und Mitzi war wie ein Kind der Familie geworden.

Eines Tages trat ein Mann auf, dem das Schicksal der „Dienstmädchen", wie sie damals noch genannt wurden, sehr am Herzen lag.

„Wir können es nicht dulden", rief er, „wir können es nicht dulden, daß die armen Dienstmädchen so schamlos ausgenutzt werden. Keine Arbeitszeitbeschränkung, kein Sonn- und Feiertag, die Laune der Herrin ertragen, womöglich dem Herrn zur Verfügung stehen — es ist Zeit, daß etwas für diese Ärmsten der Armen geschieht!"

„Es ist Zeit!", sagten die Leute. „Und überhaupt, niemand sollte gezwungen sein, irgend jemandem zu dienen und womöglich dessen Schuhe zu putzen. Das sollen die Herrschaften, die sich ein Dienstmädchen leisten können, schon selbst besorgen!"

So beschloß man einen Mindestlohn, der nicht unterschritten werden durfte. Auch die Bezeichnung „Dienstmädchen" wurde offiziell in „Hausmädchen" umgeändert und alle waren froh, daß diesen Bedauernswerten nun geholfen war.

Der Hausvater jedoch runzelte die Stirn und rechnete und rechnete. Er konnte es drehen und wenden, wie er wollte, es ging nicht mehr: Mitzi mußte weg.

Doch die Hausfrau, die das Mädchen vom Land liebgewonnen hatte und auch ihre Hilfe nicht entbehren wollte, weinte und bat. Da beschloß der Hausherr, den Gürtel noch enger zu schnallen, fuhr statt mit der Straßenbahn mit dem Fahrrad zur Schule, schob wichtige Anschaffungen zur Seite und blieb mit der ganzen Familie während der Ferien in der Stadt.

Auch die Hausfrau mußte sich einschränken. Sie erhielt ein sogenanntes Haushaltsbuch, in das sie jede Ausgabe eintrug und der Vater kontrollierte dies monatlich und strich alles, was ihm unnötig erschien, durch.

Und siehe da, es ging. Bis der große „Prediger" wieder in Aktion trat.

„Hausmädchen", so donnerte er, „Hausmädchen verdienen zwar jetzt auf Grund unserer Initiative mehr als früher, doch sie ruinieren sich ihre Gesundheit! Tag und Nacht Arbeit, keine Ruhe, keine Rast, kein Wochenende, kein Sonntag! Kann man dieser Ausbeutung noch länger zusehen?"

„Nein", sagten die Leute, „dieser Ausbeutung kann man nicht länger zusehen, es ist eine Schande!", und man beschloß eine beschränkte Arbeitszeit, das freie Wochenende und einen entsprechenden Urlaub für die Hausmädchen.

Der Hausherr raufte sich die Haare, doch die Hausfrau meinte, daß das Ganze doch nicht so tragisch sei, denn viel ändere sich ja nicht.

Doch da irrte sie sich.

Als die Familie am Sonntag gemeinsam einen Ausflug machte und Mitzi den Kinderwagen über die Stiege auf die Straße hinuntertrug, sah dies ein lieber Nachbar und machte Anzeige.

Die Polizei kam und das Jugendamt, denn Mitzi war noch nicht großjährig. Der Hausherr wurde streng verwarnt.

„Wenn das noch einmal vorkommt", meinte die Frau Amtsrat, „nehmen wir Ihnen das Mädchen weg!"

„Ihr könnt es gleich haben", schrie der Hausherr, „wir haben sie gehalten wie unsere eigene Tochter, sie hat gearbeitet wie jedes erwachsene Kind in einem Haushalt arbeiten muß."

„Da irren Sie sich", meinte die Beamtin, „Ihre Angestellte ist kein Kind, dem Sie befehlen können; es ist eine Arbeitskraft mit bestimmten Rechten und Pflichten!"

„Ach", meinte der Vater, „ich habe sowieso nur noch Schulden und weiß nicht, woher das Geld nehmen!"

„Wenn dem so ist", sagte die Dame spitz, „werden wir der jungen Frau einen anderen Arbeitsplatz verschaffen. Im übrigen sollte man nicht über seine Verhältnisse leben, und es erscheint mir ein wenig wie Größenwahn, wenn sich ein Lehrer von einem Hausmädchen bedienen läßt."

Und so kam es. Mitzi erhielt einen neuen Arbeitsplatz bei einem politischen Mandatar der „besseren Sorte".

Von einem Familienanschluß war nun keine Rede mehr.

Mitzi hatte ihre Mahlzeiten in der Küche einzunehmen, mußte die Einkäufe besorgen, die Räume und den Garten pflegen und auf die zwei Kinder aufpassen. Die Arbeitszeit jedoch wurde pünktlich eingehalten und zum Wochenende hatte sie immer frei.

Das war für sie neu und sie wußte nicht, was sie in ihrer Freizeit machen sollte. Niemand kümmerte sich um sie. Ganz allein war sie in der großen Stadt. Also flanierte sie durch die Straßen und Gassen der Stadt, machte diese und jene Bekanntschaft und eines Tages bemerkte sie erschrocken, daß sie schwanger war.

Als sie dies ihrer Herrin mitteilte, wollte diese unsere Mitzi sofort entlassen, doch damit hatte sie Pech. Denn gerade um diese Zeit war unser „Prediger" wieder aufgetreten und hatte seine Stimme erhoben.

„Es ist absolut unmoralisch", erklärte er, „ledige Mütter schlechter zu stellen und zu behandeln als verheiratete Frauen. Auch für ledige Mütter muß gesorgt werden!"

„Er hat recht", sagten die Leute, „auch für ledige Mütter muß gesorgt werden!"

Die Frage war nur, wer diese Sorge übernehmen sollte. Der Kindesvater? Gerade in diesen speziellen Fällen war er meist nicht greifbar. Doch unser „Prediger" hatte die Antwort schon bereit:

„Wer denn, als der Arbeitgeber und der Staat", erklärte er, „der Arbeitgeber muß den Mutterschutz und die Wiedereinstellung garantieren, der Staat übernimmt die Sorge für das Kind!"

Und so geschah es. Die Gnädigste verzog zwar den Mund, aber ein politischer Mandatar muß sich nach den Gesetzen richten.

Nachdem Mitzi das Kind — einen gesunden und kräftigen Knaben — geboren hatte, stellte man sie zwar wieder ein, doch benutzte unser Mandatar die erstbeste und gesetzlich mögliche Gelegenheit, um dem Hausmädchen zu kündigen.

Nun stand sie mit ihrem Kind auf der Straße und suchte Arbeit. Da dies mit dem Kind unmöglich war, mußte sie es, tränenüberströmt, in ein Heim geben.

Doch sie fand trotzdem keine Arbeit mehr. Die Gesetze waren für die Dienstgeber so hart und die Rechte der Hausmädchen so groß geworden, daß es sich fast niemand mehr leisten konnte, ein solches einzustellen.

Gelernt hatte sie auch nichts, außer Haushalt; Arbeitslose liefen in jeder Menge herum und betteln wollte sie nicht.

So lebte sie eine Zeitlang von der Arbeitslosenunterstützung und später, als sie ausgesteuert war, von der Klostersuppe und schlief, wo sie gerade Unterschlupf fand.

Eines Tages ging sie müden Schrittes und mit hoffnungslosem Blick durch einen Park, als sie auf einer Bank eine vergessene Zeitung liegen sah.

Sie ließ sich auf die Bank fallen und begann in der Zeitung zu blättern. Auf Seite zwei war das Bild des „Predigers", der soviel für die armen Dienstmädchen getan hatte und die Überschrift lautete: „Die Hausmädchen werden schamlos ausgenützt; sie müssen eine Schmutzzulage erhalten!"

„Ja, ja", murmelte Mitzi, „eine Schmutzzulage wäre wirklich nicht schlecht."

Gerade, als sie dies alles mühsam zusammenbuchstabiert

hatte, kam ein groß gewachsener, vornehm aussehender Mann und nahm neben ihr Platz.

„Entschuldigen Sie, wenn ich frage", begann er eine Unterhaltung, „aber warum weinen Sie denn, junge Frau? Kann ich Ihnen helfen?"

„Nein", stammelte unsere Mitzi ganz erschrocken, „ich weine, weil mein Kind im Heim ist und ich keine Arbeit finde."

„Soso", meinte der Fremde, „was sind Sie denn von Beruf?"

„Dienstmädchen, sonst nichts."

„Ach", protestierte der Mann, „sagen Sie doch nicht ‚Dienstmädchen'! Wozu habe ich so viele Jahre für euch gekämpft? Sie haben hier eine Zeitung mit einem Bild! Erkennen Sie mich denn nicht?"

Mitzi wischte sich die Tränen aus den Augen.

Tatsächlich, der Herr war der große „Prediger".

„Was sagen Sie jetzt, kleine Frau?", strahlte er sie an, „was wäret ihr alle ohne mich geworden?"

„Ja", meinte sie und nickte mit dem Kopf, „was wären wir ohne Sie geworden? Wir haben Ihnen wirklich viel zu verdanken!"

Und sie nahm seine Hände und küßte sie.

Dann sprang sie auf:

„Und verflucht sind Sie dennoch!", schrie sie und rannte davon, so schnell sie konnte, denn sie fürchtete, er würde sie schlagen.

Der „Prediger" aber sah ihr fassungslos nach.

„Was hat sie nur, war ich nicht ihr Wohltäter? Ihr Wohltäter und der vieler anderer?" Leicht verärgert begann er zu überlegen: „Sollte es möglich sein," grübelte er, „sollte es möglich sein, daß aus Gutem auch Böses entstehen kann? Gibt es mitunter einen ‚Fluch der guten Tat'?"

Dann stand er auf und ging kopfschüttelnd seines Weges ...

Die Wacht am Rhein

„Vorwärts!", schrien die Schergen in den schwarzen Uniformen und schlugen mit den Lederpeitschen auf die nackten Männer ein, die in einer langen Dreierreihe vor dem Gebäude angestellt waren.

„Vorwärts!! Und keinen Laut!"

Die ausgemergelten Leiber drängten gehorsam nach vorne. Ihr Atem ging keuchend und, obwohl es keineswegs kalt war, zitterten viele. Vor Angst und vor Grauen.

In ein Bad sollten sie kommen, hatte man ihnen unter hämischen Grinsen gesagt, in ein Bad, um die Läuse zu ertränken. Doch wer glaubte diesen Verbrechern schon ein Wort?

Hatten sie nicht immer und immer wieder gelogen?

Mitten unter den angstvoll vor sich hinstarrenden und zeitweise ganz leise murmelnden Menschen stand ein weißhaariger Greis, der schon längst zusammengebrochen wäre, hätten ihn nicht zwei Mitgefangene voll Erbarmen gestützt. Denn, wer umfiel, wurde an Ort und Stelle wie ein Hund erschlagen.

„Eduard Israel Weinwurm, Kunsttischler, 78 Jahre", hatte er geflüstert, als man ihn beim Eintreffen in das Lager beim Tor gefragt hatte. „Ordentlich und laut antworten!", hatte der Mann mit der Liste gebrüllt, ein Zeichen auf das Papier gemacht und mit dem Daumen nach links gedeutet.

Und jetzt, wenige Tage später, stand er hier und wartete mit vielen anderen auf den Tod.

Er machte sich keine Illusionen. Mochten die anderen hoffen oder sich bis zuletzt täuschen lassen. Er sah den letzten Dingen gelassen entgegen.

Nur, wenn er an Sophie dachte, wurde ihm schwer ums Herz.

Ob sie noch lebte? Ob man sie auch soviel geschlagen hatte?

„Gott meiner Väter", betete er, „erspare ihr Qualen und laß sie rasch sterben!"

„Ruhe, Alter", brüllte einer der Wächter und schlug ihm mit der Peitsche über die Schultern. Er zuckte schmerzvoll zusammen. Ob das auch Hitler weiß, wie man uns hier behandelt? Mein Gott, Hitler, der Führer, — auch er hatte an ihn geglaubt; hatte gehofft, daß endlich ein Mann die Schmach von Versailles tilgen und das Großdeutsche Reich wieder herstellen würde.

Die Menschenreihe bewegte sich mühsam weiter und seine Gedanken schweiften weit zurück.

Auch er war einmal jung gewesen. Das war lange vor dem Ersten Weltkrieg. Als Handwerksbursche war er durch das Land gezogen. Nach Westen, immer nach Westen, bis an den Rhein, in das deutsche Grenzland. Dann hatte er sich in ein deutsches Mädel verliebt. Einmal waren sie am späten Abend im Wald spazierengegangen. Betrunkene Franzosen hatten sie überfallen. „Cochon!", hatten sie gegrölt, „deutsches Schwein!" Wehrlos war er gegen die Übermacht gewesen. Sie schlugen ihn nieder. Dann taten sie dem Mädel der Reihe nach Gewalt an.

Am nächsten Tag war sie ins Wasser gegangen.

In den Rhein.

Sein Haß war grenzenlos.

Dann begann er zu schreiben. Schon als Schüler hatte er eine gute Feder geführt. Nun schrieb er sich seinen Zorn und seinen Schmerz von der Seele. *„Es braust ein Ruf wie Donnerhall, wie Schwertgeklirr und Wogenprall: zum Rhein, zum Rhein, zum deutschen Rhein, wer will des Stromes Hüter sein!"*

Die Worte kamen wie von selbst. Die zweite Strophe, die dritte, die vierte.

„So lang ein Tropfen Blut noch glüht, noch eine Faust den Degen zieht und noch ein Arm die Büchse spannt, betritt kein Feind hier deinen Strand!!“ Die fünfte Strophe und der Refrain: *„Lieb' Vaterland, magst ruhig sein, fest steht und treu die Wacht am Rhein“.*

Als er die Zeilen seinem Freund Karl Wilhelm vom Männergesangsverein zeigte, war dieser nicht nur begeistert, sondern auch betroffen gewesen. „Du“, hatte er gestaunt, „du, ein Jude, schreibst so ein Gedicht? Ich werde verrückt.“

Am nächsten Tag hatte Karl die Melodie fertig. Die Männer sangen das Lied und fielen sich jubelnd in die Arme.

Greef, der Dirigent, bat um das Recht, das Lied in sein Gesangsbuch „Männerlieder“ aufnehmen zu dürfen.

Nur eine Bitte hätte er, und wie schön verlegen er dabei gewesen war, der alte Greef; Edi, sein lieber, hochgeschätzter Edi, möge doch darauf verzichten, als Dichter genannt zu werden. Er, Greef, habe nichts gegen Juden und kein vernünftiger Mensch hätte etwas gegen sie, aber es gäbe sicher Schwierigkeiten und er müsse verstehen ...

Er verstand. Sein Haß war größer als sein Stolz. Er winkte Gewährung.

Dann aber litt es ihn nicht länger in diesem Land.

Er konnte das Wasser des Rheins nicht mehr sehen und ging zurück in seine Heimat, nach Wien.

Hier lernte er ein hübsches, jüdisches Mädchen kennen, Sophie Schneckenburger, die viel Geld in die Ehe brachte. Mit diesem Geld eröffnete er eine Kunsttischlerwerkstätte. Es war eine schöne Zeit.

Zum ersten Hochzeitstag hatte er einen herrlichen ovalen Tisch mit zahlreichen Intarsien gebaut und seiner jungen Frau geschenkt.

Ihr Glück war nur durch die Tatsache getrübt, daß sie keine Kinder bekamen. Damals war er darüber traurig gewesen, jetzt sollte man Gott danken.

„Hand auf!", brüllten die Wächter, „jeder erhält ein Stück Seife!" Und man drückte ihm etwas in die Hand, das Eduard Weinwurm ohne hinzusehen, sofort als Stein erkannte. Also doch. Er hatte es ja gewußt. Nichts als Täuschung. Kein Bad, sondern der Tod wartete auf sie.

Fast ist es pervers, paradox, wenn man will, sogar komisch.

Wie hatte er geschrieben: *„... und Deutsche, bieder, fromm und stark ..."* Welch Hohn! Welch bitterer Hohn!

Bevor die Gestapo seine Frau und ihn geholt hatte, konnte man **sein** Lied sogar im Radio hören. Die deutschen Truppen marschierten nach Frankreich, jeder Schritt gegen Paris für ihn ein Triumph seiner persönlichen Rache und sie sangen: *„Lieb Vaterland magst ruhig sein, fest steht und treu die Wacht, die Wacht am Rhein".*

Stolz war er darauf gewesen, stolz und ergriffen.

„Du bist meschugge!", hatte Sophie gesagt, „ganz und gar total meschugge! Freust dich über dein Lied und wirst sehen, sie werden auch uns holen!"

„Wie könnten sie", hatte er geantwortet, „ich habe doch dem Führer geschrieben. Alle singen sie m e i n Lied. Du wirst sehen, sie machen uns noch zu Ehrenariern."

„Dem Führer?", hatte Sophie gehöhnt, „ja, wärst du damals, als du die Geschichte mit der deutschen Schickse gehabt hast, nicht so feige gewesen, wie der Goi deinen Namen nicht unter das Lied drucken wollte. Kannst du überhaupt beweisen, daß **du** der Dichter warst? Machloikes, werden sie in Berlin sagen, der Weinwurm macht nichts als elende Machloikes ... Bevor die Leute wissen dürfen, daß ein Jud das schöne Lied gedichtet hat, bringen sie dich um. Ehrenarier, daß ich nicht kicher!"

Sie hatten gestritten. Er glaubte an Deutschland, sie nicht.

„Du wirst schon sehen", hatte er geeifert, „der Führer wird mir einen Brief schreiben." „Sehr geehrter Herr Eduard Weinwurm!" wird er schreiben. „Es freut mich, in Ihnen den Dichter des großartigen Liedes ‚Die Wacht am Rhein' kennenzulernen. Selbstverständlich spielt unter dieser Voraussetzung Ihre Abstammung keine Rolle. Ich habe Auftrag gegeben, die notwendigen Schritte im Gau Wien einzuleiten. Was uns verbindet, ist der Glaube an Deutschland. Heil Hitler!" Sophie hatte jedoch mit dem Finger an die Stirne getippt und gemeint: „Wie kann ein Mensch, der Hitler heißt, selbst mit Heil Hitler grüßen? Das ist doch blöd!"

„Dumme Gans", hatte er geantwortet, „du willst mich ja nur ärgern. Das ist doch tout egal, wie er grüßt. Soll er halt schreiben ‚Mit deutschem Gruß'."

Ach Sophie, er hätte mit ihr nicht streiten sollen. Wenige Tage später war die Gestapo gekommen.

„Ihr dürft uns nicht holen!", hatte er die schwarzen Männer beschworen, „ich bin kein gewöhnlicher Jud, ich bin der Dichter von der ‚Wacht am Rhein'. Sie kennen doch das Lied: *‚Es braust ein Ruf wie Donnerhall, wie Schwertgeklirr und Wogenprall. Zum Rhein, zum Rhein ...'* "

„Gusch!", hatte der Gestapomann gesagt und ihm einen Stoß versetzt. „Einsteigen in den grünen Heinrich, Auftrag von Berlin. Und die alte Sarah auch dazu. Marsch, marsch!"

Zuerst hatte man sie nach Theresienstadt gebracht. Da war es noch erträglich. Dann aber hierher, nach Auschwitz.

„Gott meiner Väter", ging es ihm durch den Kopf, „ich glaube, meine liebe Sophie hatte doch recht, ich war meschugge!"

„Hinein!", brüllten die Henker, „und ordentlich gebadet!"

Leib an Leib gedrängt standen sie im Raum, umfallen konnte

hier niemand. Die Luft war kaum zu atmen, ein unbeschreiblicher Mief aus Mensch und Schweiß und Kot.

Alle hatten nun die Wahrheit erkannt. Das war das Ende.

Die Türen schlugen zu. Die Blausäure strömte ein.

Sie sackten zusammen.

Der letzte Gedanke des Eduard Weinwurm, Kunsttischler und Dichter aus Wien, aber war *„Lieb Vaterland, magst ruhig sein ... ruhig sein".* —

Dann hatte Deutschland jenen Mann vernichtet, dessen Lied Zehntausende bestimmt hatte, begeistert und ohne Todesfurcht in den Ersten und auch in den Zweiten Weltkrieg zu ziehen.

Wenige Tage vorher hatten deutsche Truppen ihre Fahne über Paris gehißt.

Heute jedoch, rund 50 Jahre später, ist Eduard Weinwurm ebenso wie sein Lied vergessen.

Das Wunder der Deutsch-französischen Freundschaft aber hat den Rhein von einem Fluß an der Grenze zu einem völkerverbindenden Strom werden lassen.

Die Wacht am Rhein.

Karl Wilhelm.

*) Aus Greef's Männerliedern, Heft IX. Mit Bewilligung der Verlagshandlung G. D. Bädeker in Essen.

Für Gott und Österreich

Der junge Mann betrat das Gasthaus seines Vaters, ging zur Schank, schlug die Haken zusammen und hob die Hand zum Deutschen Gruß: „Heil Hitler!“

Sein Vater sah ihn einen Augenblick schweigend an, dann machte er eine energische Kopfbewegung und brummte: „Geh zur Mutter in die Küche!“

Doch Hermann, der „große Hermann“, wie er von Verwandten und Freunden seiner Körpergröße wegen genannt wurde, blieb stehen: „Sagst du gar nichts zu meiner Uniform?“ Dabei hielt er seinem Vater die funkelnagelneue SA-Kappe unter die Nase.

Sein Vater flüsterte nur: „Schleich dich, Rotzbub!“, um dann laut hinzuzufügen: „Ein Viertel Roter, zwei Sodawasser und ein Krügerl Bier!“

Der leicht hinkende Kellner nahm die Getränke in Empfang, sah den feschen SA-Mann, seinen Juniorchef, aus den Augenwinkeln an, räusperte sich, als ob er ausspucken wollte und schlurfte davon.

Der große Hermann zuckte die Schultern und ging aus dem Schankraum in die Küche. Als ihn seine Mutter sah, schlug sie die Hände zusammen: „Ja, Bub, bist narrisch?“, zischte sie, „wie kommst denn du daher?“

Und sie drängte ihn in einen Nebenraum, wo niemand sie hören konnte.

„Deinen Vater trifft der Schlag, wenn er dich so sieht!“

„Er hat mich schon gesehen und lebt noch. Doch ich verstehe euch nicht: jetzt, wo die Schwarzen, die ihn eingesperrt haben, weg sind ...“

„Ja, glaubst du“, unterbrach ihn seine Mutter, „daß dein Vater so lange in Wöllersdorf gesessen ist, damit sein einziger Bub ein Nazi wird?"

„Was heißt Nazi?", schüttelte der große Hermann den Kopf, „ein Generaldirektor ist bekanntlich ein Direktor und kein General, und ein Nationalsozialist daher ein Sozialist und kein ..." „Ach Unsinn!", fiel ihm seine Mutter wieder ins Wort, „täusch' dich nicht. Diese Faschisten haben mit uns wahren Sozialisten nichts gemein."

„Mir gefallen sie!", widersprach der große Hermann, „schau die Uniform, ist sie nicht fesch? Und Arbeit wird es wieder geben, Arbeit für alle! Keine Arbeitslosen, keine Ausgesteuerten, keine Bettler mehr!"

„Dafür aber einen Krieg!"

„Das glaubst nur du und deine Betschwestern", lachte Hermann, „der Führer macht keinen Krieg und die anderen sind viel zu feige!"

Doch damit sollte sich der junge Mann irren.

Bevor es aber soweit war, gab es Krieg in seiner Familie.

Der Vater, ein alter Sozialist von echtem Schrot und Korn, sprach, wenn Hermann in der SA-Uniform erschien, kein Wort mit ihm, und seine Mutter hatte fast jeden Abend verweinte Augen; auch war sie viel öfter in der Kirche, als ihrem Mann lieb war.

Dann kam die „Kristallnacht". Jüdische Tempel wurden gesprengt und jüdische Mitbürger aus den Betten geholt, zusammengeschlagen und eingesperrt. Hermann war dabei, doch er schlug nicht. Im Gegenteil, für ihn war diese Nacht der entscheidende Schock. So hatte er sich die neue Zeit nicht vorgestellt; so nicht! Am liebsten hätte er geheult. Zwar hinderte ihn ein falscher Stolz, es vor seinem Vater zuzugeben, doch immer seltener kam er in der SA-Uniform nach Hause.

Eines Tages wurde er zur Wehrmacht eingezogen. Seine Mutter weinte, er aber sagte: „Eigentlich bin ich froh darüber!" Dann gab er seinem Vater die Hand und murmelte: „Verzeih!"

Es dauerte einen Augenblick, bis der alte Herr begriff, was Hermann meinte, dann aber umarmte er ihn und flüsterte: „Paß auf dich auf, Bub!"

Hermann kam an die Front und hatte doppltes Glück. Er blieb unverwundet und bekam eines Tages Heimaturlaub, um fertigzustudieren; das Reich brauchte Ingenieure für den „totalen Krieg".

Natürlich durfte Herman nicht abrüsten; er blieb Soldat und hatte neben seinem Studium noch Büroarbeit für die Wehrmacht zu leisten. Um diese Zeit hatte er schon erkannt, daß es den Bonzen keineswegs um das Wohl des Volkes ging.

Eines Tages wurde er von einem katholischen Geistlichen angesprochen und zum Abendessen eingeladen. Es war seine erste Berührung mit der Widerstandsbewegung. Es dauerte nicht lange und es fand sich ein Kreis junger Leute zusammen, die helfen wollten, die Diktatur zu beenden, den Schrecken des Krieges abzukürzen und damit tausenden Menschen das Leben zu retten.

Doch es kam, wie es kommen mußte. Ein Judas verriet sie und die ganze Gruppe wurde in einer Blitzaktion verhaftet, vor das „Volksgericht" gestellt und — mit einer Ausnahme — alle zum Tode verurteilt.

Man schrieb das Jahr 1944. Hermann war gerade 26 Jahre alt. Über inständiges Bitten seiner Eltern unterschrieb er, so wie auch die anderen, ein Gnadengesuch nach Berlin.

Die Erledigung ließ auf sich warten.

Die Ostfront wurde seit Stalingrad ständig „verkürzt" und „begradigt" und mußte immer rascher zurückgenommen werden. Schon standen die Russen in Ungarn. Um diese Zeit konnte Hermann einen Kassiber aus der Todeszelle schmuggeln. Er bat seine Eltern, dem Gefangenenaufseher irgendetwas zu schenken und ihn gleichzeitig ganz vorsichtig zu bitten, ihn wenigstens nicht jeden Tag zu prügeln.

Hermanns Vater hatte, wie schon erwähnt, ein Gasthaus. Der betreffende Aufseher war jeden Tag hier zu Gast, erhielt das beste Essen ohne Lebensmittelmarken dafür abgeben zu müssen und natürlich ohne zu bezahlen.

Mit Entsetzen nahmen die Eltern den Brief zur Kenntnis. Dieser Mensch, den sie seit Monaten aushielten, prügelte ihr einziges Kind. Es galt, etwas zu unternehmen. Der Vater fuhr auf's Land und erwarb um ein Vermögen im Schleichhandel einen riesigen Schweinsschinken. Diesen und ein paar Flaschen Wein schenkte er dem Aufseher, mit der zitternden Bitte, den Buben doch etwas weniger oft zu schlagen.

Der Aufseher aber lachte nur: „Sie wissen nicht, was Sie reden", meine er grinsend, „Sie wissen nicht, was Sie reden. Wer in der Todeszelle sitzt, wird von mir geprügelt. Allerdings, an dem Tag, bevor einer geköpft wird, prügle ich niemals. Man ist ja schließlich ein Mensch. Also geben Sie den Schinken her und seien Sie froh, wenn ich ihn hau, denn solange er Prügel kriegt, lebt er!"

Elf Monate saß Hermann in der Todeszelle.

Als die Russen bei Budapest standen, kam der Befehl aus Berlin, das Fallbeil abzubauen und nach dem Westen zu verfrachten. Vorher allerdings sollten noch so viele Urteile als möglich vollstreckt werden.

In diesen Tagen betrat ein noch nie Gesehener die Zelle, in der Hermann vor sich hinbrütete.

„Junger Mann", meinte er jovial, „junger Mann, ich darf mich vorstellen: Ich bin dein Henker, denn morgen ist es soweit!

Na, erschrick doch nicht, ist ja alles nicht so arg. Ruck-zuck geht es, und die Birne ist ab. Nur wehren darfst dich nicht. Sonst gibt es Komplikationen. Also, nur mit der Ruhe. Denk an die Front, da fallen jeden Tag hunderte. Und nicht so problemlos."

Dann schlug er dem bleich Gewordenen auf die Schulter und fügte hinzu: „Kopf hoch! Morgen verläßt du dieses Haus; zwar mit der Birne unter'm Arm, aber immerhin!"

Und über sein Wortspiel leise vor sich hinlachend, knallte er die Tür von außen zu.

Am nächsten Tag, dem 22. März 1945, wurde Hermann mit gefesselten Händen zur Hinrichtung geführt.

Das Urteil wurde nochmals verlesen und der Verurteilte gefragt, ob er es verstanden hätte. Er nickte mit dem Kopf. Dann bat er den begleitenden Geistlichen: „Herr Pfarrer, sagen Sie es meinen Eltern erst morgen, damit sie heute noch einmal schlafen können!"

Hierauf schrie er, daß es durch das ganze „Graue Haus" hallte: „Für Gott und Österreich!"

Nun schnallten ihm zwei Schergen einen Lederriemen um Kopf und Kinn und warfen ihn unter das Fallbeil, das der Henker auslöste.

So starb ein junger Mensch, der zuerst als SA-Mann für den Nationalsozialismus geschwärmt hatte, diesen aber alsbald durchschaute und nicht zögerte, sein Leben für die bessere Einsicht zu riskieren.

Nach Beendigung des Krieges erhielten Hermann und seine Mitstreiter, der Priester und ein Arzt, ein Ehrengrab der Republik am Neustifter Friedhof und einen Gedenkstein mit den goldenen Lettern: „Sie starben für Österreich."

Der Henker aber und der Aufseher erhielten eine Rente und

lebten noch viele Jahre als geachtete Bürger in Vororten von Wien. Der eine in Baden, der andere in Vöslau.

Und manchmal trafen sie sich beim Heurigen, verkosteten den Wein und plauderten von alten Zeiten.

Aschenputtel

Als ich aus dem Wald heraustrat, schien der Pfad vor mir in das Unendliche zu führen. Der Blick reichte weit in die Ferne zu blau schimmernden Bergen. Der Weg selbst war breit und fest; rechts und links von wogenden Kornfeldern begrenzt, führte er gerade oder in mäßigen Krümmungen leicht bergan auf der Höhe dahin und verlor sich am Horizont. Ein sanfter Wind milderte die Wärme. Soweit das Auge reichte, war kein Mensch zu sehen. Es war ein Weg zum Träumen.

Langsam schritt ich dahin und ließ mich vom Wind umschmeicheln. Ein solcher Weg, war er nicht geradezu als Galoppstrecke geschaffen? Welch ein Glück, auf solchem Wege im leichten Sitz das Pferd nach Herzenslust laufen zu lassen!

Träume – Schäume. Meine Vollblutstute, das brave Aschenputtel, von mir meist Putt-Putt genannt, hatte ich vor Jahresfrist einschläfern lassen müssen, da sie unheilbar krank geworden war und ich selbst war eben erst von schwerer Krankheit genesen und würde wohl niemals mehr das Glück eines solchen Rittes auskosten können.

Mein Blick war etwas unscharf geworden.

Da stand Aschenputtel neben mir. Mit ihren klugen Augen schaute mich die Stute an und sagte: „Herrchen, da bin ich."

„Aschenputtel!", rief ich, „wo kommst du her? Vom Pferdehimmel?"

„Willst du nicht aufsitzen?", antwortete sie mit einer Gegenfrage.

Tatsächlich, sie war gesattelt und gezäumt.

„Ich werde wohl nicht können", meinte ich betrübt, „auch weiß ich nicht, ob ich die Kraft habe, den Gurt festzuziehen."

„Ach“, flüsterte Aschenputtel, „sei doch nicht so kleingläubig. Im übrigen bin ich bereits nachgegurtet.“

„Du hast recht, ich will es versuchen.“ Ich führte das Pferd zu einer Stelle, wo es etwas tiefer stand, fuhr mit dem linken Fuß in den Bügel und schwang mich ohne Probleme in den Sattel. Kaum hatte ich den Sattel berührt, machte Aschenputtel schon die ersten Schritte.

„Also, deine Unarten hast du dir da oben aber nicht abgewöhnt“, tadelte ich das Pferd, das als Antwort nur zweimal schnaubte.

Zuerst ließ ich die Zügel lang und versuchte nur, einen guten, tiefen Sitz zu erreichen. Dann legte ich die Schenkel ganz sanft an und nahm die Zügel vorsichtig auf. Aschenputtel war im Maul sehr empfindlich und mußte liebevoll zusammengestellt werden. Allmählich drückte ich die Zügel ein wenig links, ein wenig rechts, ab und, obwohl wir im Gelände ritten, gelang es mir, das Pferd relativ rasch zu versammeln.

„Sehr brav, Putt-Putt“, lobte ich die Stute, „jetzt wollen wir schauen, ob du nichts verlernt hast.“

Ich nahm die Zügel noch ein wenig mehr auf. Tatsächlich, sie kaute, und die erste Schaumflocke wurde vom Wind auf mein Knie getrieben.

„Putt-Putt, paß auf!“, rief ich. Dann legte ich einen Schenkel zurück und drückte den anderen fest an.

Ohne jeden Zwischentrab sprang Aschenputtel in den Galopp. Bravo!

Zuerst ließ ich sie im Arbeitsgalopp gehen, da ich weder ihr noch mir voll vertraute. Da kam ein tiefer Ton aus ihrer Brust und sie schüttelte den Kopf. Sie war ungeduldig. Nun erhob ich mich zum leichten Sitz und ließ sie laufen.

Der Wind pfiff mir um die Ohren. Ich paßte höllisch auf, denn ich kannte den Weg nicht und mußte rechtzeitig Hindernisse oder Maulwurfslöcher sehen.

Inzwischen war Aschenputtel in rasenden Galopp übergegangen. Die schwarze Mähne wehte mir ins Gesicht. Die Felder flogen nur so vorbei, und ich war glücklich. Doch allmählich wurde es Zeit, die Jagd zu beenden.

Ich setzte mich im Sattel fest und nahm das Pferd auf, zum Arbeitsgalopp. Dann Leichtreiten im Trab und Übergang zum Schritt. Als ich nach rückwärts sah, konnte ich den Wald, aus dem ich erst vor wenigen Minuten getreten war, kaum mehr erkennen. Ich klopfte Aschenputtel mit der flachen Hand den Hals und lobte sie.

„Komm, mein gutes Pferd", sagte ich, selbst ein wenig außer Atem, „wir wollen zurückreiten."

„Ja, ja", gab die Stute zu, „es wird wohl nötig sein."

„Was sagst du", fragte ich, „wie ich mich gehalten habe? Ich dachte, ich könnte nie wieder auf ein Pferd steigen!"

„Man muß Vertrauen haben!", belehrte mich Aschenputtel, „dann wird alles wieder gut."

„Alles? Putt-Putt, wirklich alles?"

„Nein", meinte sie etwas traurig, „alles nicht. Aber vieles. Oder wenigstens manches."

Ein wenig betrübt ritten wir den langen Weg zurück. Um die Stimmung wieder zu verbessern, sagte ich nach einiger Zeit: „Willst du mir eine Freude machen? Dann versuchen wir ein paar fliegende Galoppwechsel."

„Natürlich", meinte Putt-Putt, „nur los."

So versammelte ich das Pferd noch einmal und wir machten ein paar fliegende Galoppwechsel, und es ward uns beiden zur Freude. Dann ging es flotten Schrittes weiter, bis der Wald in die Nähe kam; da wurden wir immer langsamer. Dann blieb

Aschenputtel stehen. Ich sprang herab und griff in die Tasche. Tatsächlich, von früher her hatte ich noch zwei Stück Zucker bei mir.

„Putt-Putt," flüsterte ich, „bist du mir sehr böse, daß ich damals nicht dabei war? Du weißt schon, ich war ganz einfach zu feige dazu."

„Wir", gab Aschenputtel zur Antwort, „wir kennen da oben kein Bösesein. Auch habe ich genau verstanden, warum du mich an diesem Abend mit dem Tierarzt allein gelassen hast, wenn auch —."

„Ja, wenn auch ...", sagte ich, „auf dieses ‚wenn auch' kommt es manchmal an. Doch — wirst du wieder einmal kommen, wenn ich dich rufe?"

„Das ist es," nickte Aschenputtel und legte die Ohren vor, „rufen mußt du mich, ganz stark rufen! Dann bekommen wir die Erlaubnis."

Im nächsten Augenblick war ich wieder allein. Ich stand am Ausgang des Waldes und der Weg vor mir erstreckte sich bis in die Unendlichkeit. Kein Mensch war zu sehen, kein Tier, kein Aschenputtel.

Doch als ich die Luft prüfend einzog, roch ich den unverkennbaren Duft eines Pferdes, eines Pferdes, das hier vor wenigen Minuten gegangen sein mußte.

Da lächelte ich über mich und meine Träume und ging fröhlichen Herzens nach Hause.

Die heiligen Hexen

Der weiße Rauch stieg auf. Ganz Rom jubelte: „Habemus papam!"

Der neue Papst trat traditionsgemäß auf den Balkon und segnete die Gläubigen, die ihm zujubelten, sowie Rom und den Erdkreis.

Die Menschen am Petersplatz gebärdeten sich wie verrückt; besonders die Frauen, denn es hatte sich blitzartig herumgesprochen — auf die Frage nach dem Namen, den er annehmen wolle, hatte der neue Papst, ohne auch nur eine Sekunde zu zögern, geantwortet: „Magdalenus, der Erste".

Und leise hatte er hinzugefügt: „Zur Erinnerung an Maria von Magdala, der Sünderin, aber auch der Büßerin, im Gefolge des Herrn."

Die Männerwelt war schockiert, die Frauen jubelten.

Die Kardinäle im Konklave aber hatten die Köpfe zusammengesteckt und erregt miteinander geflüstert. Viele waren entsetzt, manche lachten leise in sich hinein, keinen aber ließ der Name „Magdalenus" unberührt.

„Was will er damit sagen?", fragten sich viele besorgt.

„Wenn er schon einen mehr oder minder weiblichen Namen wählt, warum nicht ‚Marianus?' Das hätte mir viel, viel besser gefallen!", meinte ein schwarzer Bischof aus Afrika zu seinem Nachbarn, einem alten Herrn mit goldumrandeten Augengläsern. „Können Sie das verstehen?" Dieser zuckte die Achseln. „Er wollte offenbar nicht den Namen der Unbefleckten wählen, sondern den der Sünderin oder den der Büßerin! Das ist eben seine Demut!"

Ein Kardinal aus Mitteleuropa schüttelte seinen Kopf: „Nichts ist gefährlicher, als die Demut eines Mächtigen, besonders, wenn sie aus dem Herzen kommt", meinte er bekümmert, schloß die Augen und überließ sich einem beruhigenden Schläfchen.

Ähnlich, wie bei Johannes XXIII., hatte man gehofft, einen Übergangspapst zu wählen und war genauso wie damals offenbar dabei, eine Überraschung zu erleben.

„Der heilige Geist weht, wo er will, und nie ist man vor ihm sicher", murmelte einer der ehrwürdigen Greise und seine Nachbarn nickten ihm mit sorgenvollen Herzen zu.

Einer der jüngeren Kardinäle aus Übersee aber sagte so laut, daß es auch der neue Papst, dem eben die Gewänder angelegt wurden, hören mußte: „Ich bin nur froh, daß er nicht die weibliche Form des Namens, nämlich ‚Magdalena', gewählt hat, es wäre doch etwas peinlich gewesen."

Er war nicht wenig erstaunt, als ihm diese vorlaute Bemerkung nicht nur ein freundliches Nicken des Papstes einbrachte, sondern sogar ein geradezu verschmitztes Lächeln.

„Schon wieder ein Papst, der am Tage seiner Wahl lacht", fuhr es dem Kämmerer durch den Kopf, „Gott sei ihm und uns gnädig! Dem letzten Papst, der nach seiner Wahl gelächelt hatte, war schließlich nur eine kurze Amtsperiode beschieden gewesen. Was immer man darüber gemunkelt hatte, Glück hat ihm sein Lachen nicht gebracht."

Dann wurde die Krönungsmesse des neuen Stellvertreters Christi auf Erden vorbereitet, und der Zeremonienmeister zitterte bei dem Gedanken, seine Heiligkeit könnte zu extemporieren beginnen.

Mit ihm zitterte der ganze Vatikan. Diese Furcht war vorschnell, aber nicht unbegründet. Tatsächlich geschah bei der Krönungsmesse nichts Ungewöhnliches, die Gläubigen applaudierten, die Chöre sangen, die Nonnen waren fromm und begeistert, die Geistlichkeit war bunt und imposant; auch seine Heiligkeit verhielt sich geradezu musterhaft.

Magdalenus I. war gekrönt und in sein Amt eingesetzt.

Dann aber, bei seiner ersten Papstmesse, geschah es:

Nachdem die vier ältesten in Rom noch anwesenden Kardinäle ihre Fürbitten gelesen hatten — für die Erleuchtung des Papstes, für die Einheit der Kirche, für die Seelen der im christlichen Glauben Verstorbenen und für alle Gläubigen, daß der Herr sie in der Liebe und im Gehorsam stärke, — setzte sich Magdalenus I. mit gefalteten Händen und leicht geneigtem Haupt in Richtung auf den Ambo zu in Bewegung.

Dem Zeremonienmeister blieb zuerst das Herz stehen, dann versuchte er, seiner Heiligkeit unauffällig den Weg zu verstellen, was der Papst durch eine ganz geringe, aber elegante Wendung vermied, worauf der Kämmerer, in solchen Problemen erfahrener und weniger feinfühlend, ganz einfach den Papst versteckt am Gewand zurückhalten wollte, was aber ebenfalls kläglich mißlang.

Auch die Gläubigen waren starr.

Und Magdalenus I. ergriff das Wort:

„Zuerst, meine lieben Schwestern und Brüder", so sprach er, und seine Stimme war leise und eindringlich, „zuerst war die Sünde, doch niemand wußte, daß es Sünde war.

Dann kam die Erkenntnis von Gut und Böse. Erst, als der Mensch sein Gewissen befragen konnte, wußte er, daß er gesündigt hatte; schließlich kam die Reue. Nicht bei jedem. Manchem hatte die Sünde so sehr gefallen, daß er sie einfach nicht bereuen konnte oder wollte. Doch Maria aus Magdala, von der Heiligen Schrift als ‚Öffentliche Sünderin' bezeichnet, bereute und ihr wurde verziehen.

So sollen auch wir bereuen, damit wir Verzeihung erhoffen können.

Wir, das heißt, jeder einzelne Gläubige, jede Nonne, jeder Priester und auch ich, der Papst; wir, das heißt aber auch die Kirche als Gemeinschaft der Gläubigen und als in der Geschichte handelnde Institution. Wir alle müssen unser Gewissen erforschen.

Und deshalb bitten wir Dich, Herr, nimm all jene in Dein Reich auf, die von dieser Kirche jemals gedemütigt, verfolgt, gefoltert oder getötet worden sind. Dies gilt insbesondere für jene vielen Frauen und Mädchen, die, wenn auch vor langer Zeit, als sogenannte ‚Hexen' unvorstellbares Leid erlitten haben. Wenn ihr grausamer Martertod auch schon Jahrhunderte zurückliegt, so ist es, da dies bisher unterlassen wurde, um so mehr unsere Pflicht, endlich eine Wiedergutmachung im Himmel für diese Opfer eines schrecklichen Irrtums zu erwirken.

Wenn wir heute für diese angeblichen ‚Hexen' beten wollen, so gibt es dafür allerdings ein historisches Vorbild:

Rund 20 Jahre, nachdem Jeanne d'Arc ihren Martertod auf dem Scheiterhaufen erlitten hatte, wurde das Verdammnisurteil von der Kirche selbst wieder aufgehoben. Und im Jahre 1920, unter meinem Vorgänger Benedikt XV., wurde sie sogar heilig gesprochen. Was aber für die Jungfrau von Orleans recht war, sollte für die vielen tausend Unschuldigen, die ein gleich furchtbares Schicksal erleiden mußten, billig sein.

Ich glaube, daß viele von ihnen tatsächlich heilig zu sprechen wären und daß das unendliche Leid, welches sie erlitten haben, wohl ausreicht, all ihre Sünden zu tilgen.

Wenn wir von Märtyrern f ü r unseren Glauben sprechen, sollten wir die Märtyrer nicht vergessen, die ähnliche Folter nicht für, sondern d u r c h die Kirche Gottes erlitten haben."

Magdalenus I. machte eine kleine Pause.

Man hätte eine Stecknadel fallen hören können.

Und der Papst erhob nochmals seine Stimme und es klang noch trauriger als vordem:

„Wir wollen aber auch für jene beten, die so grausame Urteile gesprochen und vollzogen haben.

Herr, rechne ihnen ihre Schuld nicht ewig an, sondern vergib ihnen, wie Du jenen vergeben hast, die Dich in ihrer Unwissenheit ans Kreuz geschlagen haben".

Dann trat Magdalenus I. langsam vom Pult zurück, machte eine ganz kleine, um Vergebung heischende Geste zu seinen Konzelebranten und der anwesenden hohen Geistlichkeit und ging gesenkten Hauptes an seinen Platz zurück.

Das Volk aber rief: „Wir bitten Dich, erhöre uns!"

Und als einer den Vers wiederholte, riefen sie immer wieder und von Mal zu Mal lauter: „Wir bitten Dich, erhöre uns! Wir bitten dich, erhöre uns!"

Doch dann hob der Papst ein wenig die Hand und es wurde wieder still im Dom.

Nun aber weinten viele Frauen und Mädchen. Denn die Gläubigen hatten erkannt, daß Magdalenus I. mit seinen wenigen Worten Jahrhunderte überbrückt und den Weg in ein helleres, drittes Jahrtausend der Kirche beschritten hatte.

Erfüllt von Glaube, Hoffnung und Liebe.

In Rom und auf der ganzen Welt aber herrschte Jubel und Haß, Freude und Entsetzen.

So mancher wollte das Rad der Geschichte zurückdrehen, ja, man dachte sogar daran, das Konklave aus formalen Gründen für „ungültig" zu erklären.

Doch das waren alles nur Gedankenspielereien.

Das einmal gesprochene Wort konnte keiner mehr hinwegfegen.

Denn der Himmel wachte darüber.

Licht, Luft und Sonne

Es geschah in Amerika. Man feierte die „Woche der Sonne". Es gab einen Architektenwettbewerb. Für die fortschrittlichste Konstruktion eines Wohnhauses.

Den ersten Preis erhielt ein Mister John Future.

Sein revolutionärer Plan sah ein zweistöckiges Haus vor, das nicht nur große Fenster besitzt, um das Licht in die Räume zu lassen, sondern — oh Wunder — sogar Fenster, die man öffnen kann, um die frische Luft zu genießen.

Dieses Haus mit der geradezu unfaßbaren Neuerung, k e i n e Klimaanlage zu besitzen, löste einen Sturm der Begeisterung aus, und die Wohnungen waren, bevor noch der Grundstein gelegt wurde, in kürzester Zeit ausverkauft.

Darüber hinaus, so stellte die Jury für die Preisvergabe fest, könnte man in diesen Wohnungen tagsüber auf das elektrische Licht verzichten, weil die großen Fenster genügend Helligkeit in die Räume ließen und solcherart eine wesentliche Energieeinsparung mit sich brächten. Auch sei das natürliche Sonnenlicht für die Augen viel schonender als Kunstlicht.

„Jahrelang", so rief der Vorsitzende der Jury enthusiastisch aus, „jahrelang haben wir wie Gefangene in einem Bergwerk gehaust, bei künstlichem Licht, hinter verschlossenen Fenstern und mußten sterile, immer einheitlich temperierte Luft atmen, Luft mit einem bestimmten Sauerstoffgehalt, einem bestimmten Stickstoffgehalt, einer festgelegten Feuchtigkeit und einer gleichmäßigen Umwälzgeschwindigkeit. Auf Grund der revolutionären Idee unseres Kollegen aber dürfen wir, wenn es regnet, die vermehrte Feuchtigkeit spüren, wenn die Seebrise weht, den Salzgeruch des Meeres atmen und, wenn im Frühjahr die Bäume blühen, deren Duft ahnen.

Jahrzehnte, ja vielleicht sogar Jahrhunderte, mußten wir auf dieses Glück verzichten.

Er, der uns dies alles durch seinen Mut zum Fortschritt geschenkt hat, der Licht, Luft und Sonne in unsere Räume gebracht hat, verdient wie kein anderer den Preis!"

Und er erhielt ihn unter dem tosenden Applaus der Menge, die instinktiv ahnte, daß die Menschheit drauf und dran war, den Schritt in eine bessere Zukunft zu wagen ...

Märchen
für Kinder und Erwachsene

Die Rose

Dies trug sich zu in Schiras, einer Stadt in Persien, die berühmt ist, ob der herrlichen Rosen, die in ihr duften und blühen.

In einem Hause dieser lieblichen Stadt wohnte einst ein reicher Kaufherr. Er hatte zwei Söhne, Omar und Dariusch. Omar, der ältere, war ein wilder Knabe, voll Feuer und Übermut. Seine Augen blitzten, seine laute Stimme scholl befehlend durch die Hallen des Hauses und seine Spiele waren oft wild und grausam. Dariusch hingegen, der jüngere, war das genaue Gegenteil seines Bruders; träumerisch blickten seine dunklen Augen, seine Stimme war leise und seine Hände sanft.

Seine liebste Beschäftigung war, im großen Garten die Blumen zu betrachten und zu pflegen oder auf dem Rücken zu liegen und die Wolken des Himmels anzustaunen.

In dem Garten, der das Haus des reichen Kaufherrn umgab, blühten viele tausend Rosen, in allen Farben und in allen Größen. Die Leute nannten den Garten nur das „Rosenparadies".

Inmitten all der herrlichen Rosen stand, abgesondert von den übrigen, eine einzige, ganz besonders gezüchtete, wundervolle Blüte. Wer sie sehen durfte, glaubte auf der ganzen Welt nichts Schöneres mehr sehen zu können, wer ihren süßen Duft atmete, wähnte sich wahrhaftig im Paradies zu sein. Es war die Königin der Rosen.

Der Kaufherr pflegte sie selbst mit höchster Liebe und Hingabe, und wenn seinen beiden Söhnen auch gestattet war, im Garten zu spielen, dieser Rose durften sie sich nicht nahen. Ein Wächter stand Tag und Nacht und bewachte die Edelste der Rosen.

Es geschah aber gerade an dem Tag, da die Königin der Rosen

ihre zarte Knospe gesprengt hatte, daß der reiche Kaufherr in wichtigen Geschäften verreisen mußte. Er rief Ali, seinen Haushofmeister, und trug ihm auf, die Rose zu pflegen und zu behüten, auf daß kein Dieb sie stehlen oder gar ein mißgünstiger Neider sie brechen könnte. Ali versprach, auf die Rose wie auf sein eigenes junges Weib aufzupassen, und der Kaufherr verließ beruhigt die Stadt.

Kaum hatten sich aber die Stadttore hinter ihm geschlossen, als Ali auch schon Diener an seine Freunde aussandte und diese zu einem festlichen Gelage in das Haus seines Herren lud. Bald wurde fröhlich gespeist und getrunken, bald hatte der treulose Haushofmeister seine Pflicht, die Königin der Rosen zu behüten, vergessen. Er vergaß sogar, die Wache bei der Rose ablösen zu lassen. Der Wächter aber verließ, als seine Zeit um war, die Rose, um bei dem Festmahl nicht zu kurz zu kommen.

Omar und Dariusch, die beiden Knaben, spielten im Garten. Als der wilde Omar sah, daß die Rose ohne Wächter war, sprach er zu seinem Bruder:

„Komm, und betrachten wir uns die Rosenkönigin!"

„Vater hat es verboten!", erwiderte Dariusch.

„Ach was", meinte der ältere, „ich füge ihr ja kein Leid zu. Anschauen kann ihr nicht schaden. Komm mit, oder ich heisse dich feige!"

Da wollte Dariusch nicht länger zurückstehen und ging mit dem Bruder. Als die beiden Knaben zu der Rose kamen, mußten sie jedoch feststellen, daß die Königin der Rosen nicht nur schön und berühmt war, sondern auch auf einem so hohen Stamme wuchs, daß die Brüder die Blüte zwar von unten und von der Seite sehen, ihr aber nicht ins Herz blicken konnten.

„Du, Rose, neige dich!", befahl Omar der Rosenkönigin.

Die Rose neigte sich nicht und gab auch keine Antwort, denn sie war innigst damit beschäftigt, ihre Blütenblätter zu öffnen. Sie reckte sich gegen den blauen Himmel und schickte ihren süßesten Duft empor, denn sie war in den Himmel verliebt, und wollte, daß er sie küsse. Der Himmel aber dehnte sich unendlich von einem Horizont zum anderen und achtete nicht der Sehnsucht der Blume. Die Rose aber blühte immer größer und duftete immer stärker, denn sie dachte, den Himmel zwingen zu können.

„Du, Rosenkönigin", wiederholte da der wilde Achmed, „neige dich, denn ich will in dein Herz blicken!"

Die Rose aber schwieg und duftete.

„Laß sie", bat Dariusch, „sie blüht so schön, wir sollten sie nicht stören!"

„Ich werde sie zwingen, mir ihr Herz zu zeigen!", rief Omar und griff mit ungestümer Hand nach der Blume, um sie zu beugen, doch mit einem Schrei taumelte er zurück, die Rosenkönigin hatte ihre scharfen Stacheln gegen den Frevler gebraucht.

„Dirne!", schrie Omar, rot vor Zorn und Schmerz, nahm sein Kinderschwert und schlug mit einem Streich die Blüte ab.

„Omar!", flüsterte Dariusch, „was hast du getan? — "

Omar aber stand starr, wie vom Blitz getroffen; dann wandte er sich jäh um, rannte davon und ließ seinen Bruder mit der gefallenen Blume alleine.

Die holde Blüte aber lag auf der Erde. Aus war der Traum vom Kuß des Himmels, zerstört von der vorschnellen Hand eines wilden Knaben.

Da neigte sich Dariusch zu ihr nieder — vorsichtig ergriff er sie und brach, einen nach dem anderen, ihre Stacheln ab. Dann küßte er scheu das Herz der Rosenkönigin und heftete die Blüte an seine Brust.

Einen Stachel aber hatte er nicht bemerkt, und dieser drang dem Knaben in das Herz. Wohl schmerzte es, aber Dariusch war so in den Anblick der Rose versunken und sosehr ihrem süßen Duft hingegeben, daß er den Schmerz nicht beachtete.

Die Rose aber welkte dahin und nach drei Tagen begrub sie der Knabe, mit dem Blütenherz nach Sonnenaufgang. –

Von dieser Stunde an waren die beiden Knaben wie verwandelt. Omar war scheu und mürrisch geworden, denn seine schnelle Tat reute ihn sehr, auch hatte er Angst vor dem Zorne des Vaters.

Dariusch aber war fröhlich und sang den ganzen Tag glückliche Lieder; hatte er doch der schönsten aller Rosen das Herz geküßt und ihren süßesten Duft geatmet.

Und glücklich blieb Dariusch sein ganzes Leben; nur manchmal zuckte er zusammen und griff mit der Hand nach der Brust, – denn der Stachel der Rose war ihm im Herzen geblieben ...

Der kleine Engel und die Blume

Das Kind lief mit dem kleinen Engel um die Wette. Am Start war der kleine Engel regelmäßig schneller, doch vor dem Ziel verließen ihn anscheinend seine Kräfte, das Kind überholte ihn und war ein jauchzender Sieger.

Irgendwann wurde das Kind müde und kehrte in die „Eiserne Lunge" zurück, in der es liegen mußte, um nicht zu ersticken.

„Polio", hatte der Doktor gesagt, „Kinderlähmung", die verzweifelte Mutter. Das Kind wußte weder was das eine noch das andere bedeuten sollte. Eines aber begriff es, es würde nie wieder laufen können.

Doch der kleinen Engel ließ Müdigkeit nicht gelten.

„Komm", sagte er, „heute ist ein schöner Wind. Wir wollen einen Drachen steigen lassen!"

„Ich bin aber müde!", meinte das Kind.

„Unsinn", widersprach der kleine Engel, „im Traum ist man nie müde. Komm, so einen Wind, wie heute, gibt es nicht alle Tage!"

Sie kamen auf die große Wiese und der kleine Engel hatte den schönsten Drachen, den man sich vorstellen kann. Größer war er als das Kind, aus rotem Seidenpapier und mit einem langen Schweif.

„Nimm die Schnur und lauf!", rief der kleine Engel, „dann steigt er, du wirst sehen, bis in den Himmel hinauf."

Und das Kind lief und der Drache stieg. Hoch und immer höher. Bald war er nur noch ein kleiner, roter Punkt am blauen Himmel.

Dann kamen auch andere Kinder auf die Wiese.

Auch sie ließen ihre Drachen steigen, doch keiner stieg so gut und war so schön und flog so hoch wie der Drachen des Kindes.

Doch wieder wurde das Kind müde und sagte zum Engel:

„Schön ist es ja, wie mein Drachen steigt, und du bist so lieb zu mir, aber ich weiß ja, daß alles nur ein Traum ist. Ich gehe wieder in meine eiserne Lunge und werde weinen."

„Du sollst nicht weinen", sagte der Engel. „wir könnten ein bißchen Radfahren. Ist das nicht ein guter Vorschlag?"

„Ja, ja", meinte das Kind, „das ist eine gute Idee; aber ich will nicht immer nur träumen. Ich muß doch in der Wirklichkeit leben.

Und die Wirklichkeit ist, daß der Doktor gesagt hat, ich komme morgen aus der eisernen Lunge heraus, denn sie haben den Kampf gegen die Krankheit gewonnen und ich werde leben."

„Siehst du," meinte der Engel, „ist das nicht fein? Du wirst leben und wieder lachen!"

„Ich weiß nicht, worüber ich lachen soll", widersprach das Kind, „schau doch meine Beine an, wie dünn sie geworden sind. Ich werde nicht mehr gehen können, nicht mehr laufen wie die anderen Kinder und nicht mehr springen. Ich werde sehr unglücklich sein."

„Wir zwei ...", warf der Engel ein, doch das Kind unterbrach ihn: „Ja, wir zwei", sagte es unwillig, „wir können alles miteinander machen, was wir wollen; aber ist es nicht doch ein bißchen wenig, alles nur im Traum machen zu können?

Warum hat man mich nicht sterben lassen?

Dann wäre ich für immer mit dir im Himmel.

Für mich wird es hier auf der Erde nichts Schönes mehr geben!"

„Nichts Schönes?", schüttelte der kleine Engel den Kopf, „Das ist nicht wahr!

Mach einmal die Augen auf und schau die Frühlingsblumen neben deinem Bett an. Und", meinte der kleine Engel lächelnd und strich dem Kind mit zarten Fingern über die Augen, „ich werde einen Lichtstrahl der Sonne zu dir schicken!"

Das Kind öffnete langsam die Augen.

Das Spitalzimmer war verdunkelt; man wollte störende Lichtreize dem Kind fernhalten.

Doch die Verdunkelung hatte eine Lücke und durch diese fiel ein Sonnenstrahl.

Das erste, was das Kind sah, waren tausend kleine Staubkörnchen, die im Sonnenstrahl schwebten und tanzten, auf und nieder, hin und her.

Wie tausend winzige Engel.

Noch nie hatte das Kind bemerkt, wie schön ein einziger Sonnenstrahl sein kann.

Dann wandte es ein wenig den Kopf.

Auf dem Nachtkästchen stand eine kleine Vase mit Krokus.

Der Lichtstrahl traf genau die Blüten und diese leuchteten im dunklen Krankenzimmer so hell, wie Blumen auf der Wiese im ersten Strahl der Frühlingssonne.

Jede, auch die feinste Ader der Blütenblätter konnte man erkennen; vier Krokusblüten standen hier im Strahl der Sonne: eine weiß wie Schnee, die nächste blau wie das Meer, die dritte lila wie die Abenddämmerung und die letzte gelb wie der Mond.

„Schau!", flüsterte der Engel, „schau!"

Und er nahm eine der Blüten und zeigte dem Kind ihr Inneres, das Herz der Blume mit den safrangelben Staubgefäßen.

„Schön!", sagte das Kind mit leuchtenden Augen, „so was Schönes hab ich noch nie gesehen!"

„Siehst Du", meinte der kleine Engel, „diese Blumen sind kein Traum, sondern Wirklichkeit!"

„Zeig mir noch etwas", bat das Kind.

„Nicht so rasch", gab der kleine Engel zurück, „schau diese Blüten lange und genau an, und du wirst immer Neues und noch Schöneres entdecken!"

Das Kind folgte dem Rat des kleinen Engels.

Es schaute das Wunder der Frühlingsblumen im Zauber des Sonnenstrahles mit den tausenden tanzenden Pünktchen an, freute sich daran, und dann schlief es ein.

Und wieder nahm der kleine Engel das Kind bei der Hand und sie liefen fröhlich durch eine Wiese mit vielen tausend bunten Blumen.

Veilchen standen hier, Leberblümchen und Schneeglöckchen, Krokus und Primeln.

Dann warfen sie sich in das Gras, mitten unter die Blumen und sahen hinauf in den blauen Himmel und zu den weißen Wolken.

Da sagte der kleine Engel leise: „Ich darf dir etwas verraten!"

„Ja?", meinte das Kind.

„Im nächsten Frühjahr wirst du schon ein klein wenig laufen können!"

„Im Traum?", gab das Kind zurück.

„Nein", flüsterte der Engel, „in Wirklichkeit!"

„In Wirklichkeit?", staunte das Kind. „Ein klein wenig? Tatsächlich?"

„Ein klein wenig!", bestätigte der Engel.

Da küßte das Kind seine Hände und weinte vor Glück.

„Es weint im Schlaf," flüsterte die Mutter, die am Bett des Kindes saß und seine Hand hielt, „es ist so unglücklich!"

„Nein!", sagte der kleine Engel, „ganz im Gegenteil, es weint vor Glück!"

Doch die Mutter verstand den kleinen Engel nicht, denn sie konnte ihn weder hören noch sehen ...

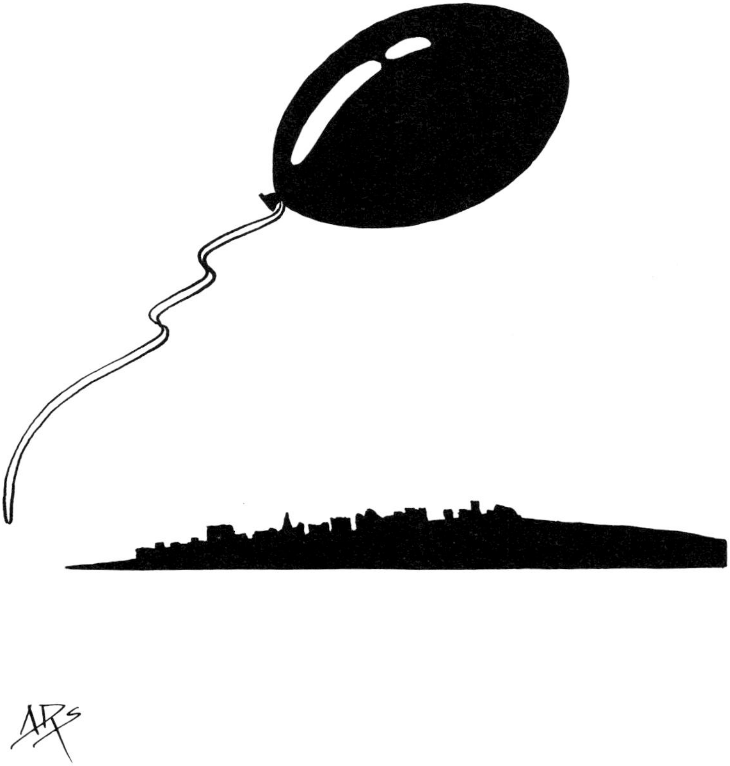

Der große und der kleine Luftballon

In der Stadt läuteten die Kirchenglocken. Es war Pfingstsonntag, und in allen Straßen fuhren schön geschmückte Fiaker.

Die Pferde trugen Blumenbuschen und nickten viel öfter mit den Köpfen als eigentlich notwendig gewesen wäre, denn sie glaubten, daß all die Feierlichkeiten nur für sie veranstaltet würden.

Die Wagen waren mit Girlanden aus roten oder gelben Rosen geschmückt und obenauf wippte ein großer, seidener Schmetterling. Die Mädchen hatten weiße Kleider an und ein Blumenkränzchen im Haar, die Knaben stolzierten in blauen Matrosenanzügen mit einem gelb-weißen Buschen am Aufschlag einher.

Vor dem Tor der großen Kathedrale stand eine Frau und hielt Luftballons zum Verkaufe feil. Weiße, rote, gelbe und grüne, große und kleine; ganz in der Mitte und am höchsten schwebte ein großer gelber Luftballon, der von einem weißen Netz umgeben war.

Das Geschäft ging gut und die Ballonverkäuferin war zufrieden. Weniger zufrieden aber war einer ihrer Luftballons. Es war der kleinste von allen und hing an der kürzesten Schnur. Obwohl er durch seine hellrote Farbe allen Kindern in die Augen stach, war er doch nicht verkauft worden, denn kein Pate wollte seinem Firmling gerade den kleinsten Luftballon schenken.

Dabei wäre der kleine, rote Luftballon so gerne gekauft worden! War er doch seit seiner Geburt ungeheuer neugierig und wollte etwas von der Stadt und der Welt sehen.

„Wenn wenigstens meine Schnur reißen würde", lispelte er immer wieder vor sich hin, „hei, wie hoch möchte ich da fliegen, wie könnte ich da auf all die eingebildeten Tröpfe, die jetzt an längeren Schnüren über mir hängen, hinunterschauen!"

Und jedesmal, wenn ein Käufer nahte, versuchte er sich vorzudrängen und rief:

„Mich kaufet, mich — seht, welch herrliche rote Farbe ich habe. Seid doch so lieb und kaufet mich!"

Aber niemand tat ihm den Gefallen, denn die Menschen verstehen nicht die Sprache der Luftballons.

Ein Ballon nach dem anderen wurde gekauft, bis endlich nur noch zwei übrig waren, — der große gelbe, in seinem schönen Netz und der kleine rote, der so gerne gekauft worden wäre.

„Du, Großer," redete er den Gelben an, „erzähle mir, was du alles sehen kannst. Du hängst ja viel höher als ich und mußt daher viel mehr überblicken können."

Aber der große, gelbe Luftballon gab ihm keine Antwort, denn er trug ein weißes Netz und dünkte sich zu vornehm, um mit einem kleinen, roten Luftballon zu sprechen.

„Ach, ist das Leben traurig", seufzte der Kleine.

Da kamen, beinahe gleichzeitig, zwei Kinder mit ihren Paten vorbei. Das Mädchen, in einem wundervollen weißen Kleid, gelbe Röschen in die schwarzen, offenen Haare geflochten, saß in einem blumengeschmückten Fiaker, der von zwei feurigen Grauschimmeln gezogen wurde.

Der Knabe in einem sauberen, aber ärmlichen Matrosenanzug, kam mit seinem Paten zu Fuß.

„Onkel", rief der Bub mit leuchtenden Augen, „so ein schöner, roter Luftballon! — Wie oft habe ich mir schon so einen gewünscht!"

„Komm", mahnte sein Pate eindringlich und leise, „komm, du weißt, deine Mutter ist krank und wir haben kein Geld."

Der Knabe aber bat:

„Laß mich ihn wenigstens anschauen!" und blieb stehen, obwohl ihn sein Pate weiterzuziehen versuchte.

Auch der Fiaker war angehalten worden und eine ältere Dame wandte sich an das kleine Mädchen:

„Beatrix, sieh diesen schönen, gelben Netzballon. Den werde ich dir kaufen."

„Nein, Tante", rief schnell das Mädchen, „du weißt, ich finde es abscheulich und lächerlich, mit so einem Dingsda spazierenfahren zu müssen. Ich bin doch kein kleines Kind mehr!"

„Das verstehst du nicht, Beatrix", erwiderte die Tante unmutig, „was sollen denn die Leute von mir denken? Alle deine Bekannten fahren mit großen Luftballons, wenn du keinen hast, wird man glauben, ich sei geizig!"

„Aber ich mag ihn nicht!", trotzte das Kind.

Die Patin aber kümmerte sich nicht um die Einwände des Mädchens, winkte der Frau mit den zwei Luftballons, kaufte den großen und gab ihrer Nichte das Netz in die Hand.

„Was soll ich damit?", schmollte die Kleine und hätte aus Scham und Zorn fast geweint.

„Halten!" war die kühle Antwort.

Dann bekam der Kutscher einen Wink, und der Fiaker setzte sich wieder in Bewegung.

Froh, den großen, teuren Netzballon verkauft zu haben, war das Herz der Ballonverkäuferin einer guten Regung zugänglich.

Die sehnsuchtsvollen Augen des Knaben erblickend, schenkte sie ihm den kleinen, roten Luftballon und war bestürzt über sein Glück. Ihre Augen wurden feucht, sodaß sie sich mit der Schürze darüberwischen mußte, und während sie sich abwandte, brummte sie etwas von „ständigem Wind" und „Staub in der Luft" vor sich hin.

Tatsächlich waren plötzlich Wolken am Himmel aufgestiegen und heftige Windstöße kündeten ein Gewitter an. Die Damen hielten ihre Kleider und die Herren ihre Hüte fest und alle versuchten, noch vor Ausbruch des Gewitters ein schützendes Dach zu erreichen.

Da wollte es der Zufall, daß der Fiaker mit dem weißen Mädchen und der Knabe mit dem roten Luftballon einander wieder begegneten.

Ihren Netzballon lässig haltend, saß das Mädchen und starrte noch immer trotzig vor sich hin, als sie ein Schrei zusammenzucken ließ. Ein Windstoß hatte dem Knaben seinen roten Luftballon entrissen, der sofort hoch über die Dächer der Häuser stieg.

War es Absicht oder eine zweite Windbö? –

Im nächsten Augenblick schwebte auch der gelbe Netzballon empor.

„Du hast ihn ausgelassen!", fuhr die Patin das Mädchen an.

„Der Wind hat ihn mir entrissen!", verteidigte sich dieses. „Schau, auch dem Knaben ist sein roter Ballon entwischt!"

„Du hättest ihn eben viel fester halten müssen!", zürnte die Patin.

Am Straßenrand aber stand der Knabe und starrte empor. „Dort fliegt er," murmelte er mit zuckenden Lippen, „dort fliegt er."

Dann gab er seinem Paten die Hand und schluchzte: „Jetzt kommt er nimmermehr zu mir zurück!"

Der kleine, rote Luftballon aber sah nichts von den Tränen des Knaben. Er war glücklich, restlos glücklich.

„Hinauf!", rief er in einem fort. „hinauf!"

„Noch höher! — Ha, wie schön ist doch die Welt, die herrliche Aussicht und der Wind, wie er mich schaukelt! Höher hinauf! Höher hinauf!"

Stolz stieg er immer höher. Plötzlich erblickte er unter sich den großen, gelben Luftballon, der, durch das Gewicht seines weißen Netzes gehemmt, nur langsam höherstieg.

„Da bist du ja, du Stolzer!", rief voll Verachtung der kleine, rote Luftballon, „komm doch herauf zu mir, wenn du kannst!"

Der gelbe Netzballon aber gab wieder keine Antwort, denn er wußte nicht, was er hätte sagen sollen, auch ärgerte es ihn, daß dieser armselige, kleine Luftballon so hoch über ihm schwebte. Er hätte allzugerne das schöne Netz, das ihn am Höhersteigen hinderte, abgeworfen, aber das vermochte er nicht. So begnügte er sich damit, vor dem Wind zu treiben und die Gegend zu betrachten. Und wenn er etwas besonders Schönes sah, eine große Kirche, den gewaltigen Strom oder blühende Bäume, sagte er hoheitsvoll:

„Ganz nett, wirklich, ganz nett."

Der kleine, rote Luftballon aber stieg höher und immer höher.

„Achtung, ihr Wolken", schrie er, „geht zur Seite, ich komme!"

Und voll Stolz blähte er sich auf und wurde immer größer.

„Ha", triumphierte er, „du kleiner, gelber Netzballon dort unten, schau her, jetzt bin ich viel, viel größer als du!"

Und immer höher stieg er und immer mehr prustete er sich auf. Und je größer er wurde, um so weniger dachte er über das, was er sagte, nach.

„Jetzt bin ich schon so groß wie der Mond!", frohlockte er, „bald werde ich größer sein als selbst die Sonne! Seht her! Seht her!"

Aber das war zuviel für die dünne Gummihaut. Sie begann zu

ächzen und zu stöhnen. Der Ballon kümmerte sich nicht darum, stieg höher und höher und dann platzte er. –

Der gelbe Netzballon aber schwebte noch lange Zeit in halber Höhe über Städte und Dörfer, Wälder und Felder. Manchmal döste er vor sich hin, dann wieder besah er sich die Erde, über die er segelte, und von Zeit zu Zeit sagte er:

„Ganz nett, wirklich, ganz nett."

Und wenn er über eine Stadt flog, so liefen die Kinder zusammen und riefen: „Seht, ein Luftballon, ein großer, schöner Luftballon!"

Das kleine Mädchen aber hatte ihn am nächsten Tage schon vergessen.

Von dem kleinen, roten Luftballon aber träumte der Knabe noch nach vielen Jahren ...

Der Kirchturm

Es war einmal eine kleine Ortschaft im Gebirge. Nur wenige Häuser scharten sich um die alte Kirche. Aus ihrem Dach ragte schlank und spitz ein Turm, der wie ein Finger Gottes zum Himmel wies. Bis zur halben Höhe war der Turm gemauert und hatte an jeder Seite ein schmales Fenster; oberhalb des Fensters, das nach Mittag schaute, trug er eine Sonnenuhr, auf der gegenüberliegenden Seite eine richtige Turmuhr und auf den beiden anderen Seiten waren über den Turmfenstern die Sonne und der Mond abgebildet. In halber Höhe verengte sich der Turm mit einem Absatz, der mit grauen Schindeln gedeckt war und von dort an erhob sich steil das Dach. Oben aber, auf der höchsten Spitze, trug der Turm einen Knauf, darauf ruhte eine Kugel und auf der Kugel stand ein hohes Kreuz.

Während die Kirche selbst ihren Sinn immer stark dem Irdischen zugewandt hielt und über jedes Vorkommnis im Dorf unterrichtet war, sei es eine Taufe, Hochzeit oder ein Begräbnis, war der Turm mit seinen Gedanken dem Himmlischen zugekehrt. Sein ganzes Dasein war eine Predigt und ein Mahnruf.

„Seht doch den blauen Himmel, wie er sich von einem Horizont zum anderen spannt, kann ein anderer als Gott ihn geschaffen haben?“ –

Auch in der Nacht, wenn die Kirche schon längst schlief und vom Kirchweihfest träumte, fand der Turm keine Ruhe:

„Seht doch die Milliarden Sterne am nächtlichen Himmel, kann ein anderer als Gott sie in ihre Bahn gebracht haben?“

Ja, selbst wenn der Sturm um seine Spitze fegte, der Blitz sein Haupt umzuckte und der Donner grollte, triumphierte unser Turm:

„Seht doch das Wüten der Elemente in der Pracht ihres Zornes, kann ein anderer als der Herr ihnen gebieten?“

Doch wenn die Morgensonne die Gipfel der Berge versilberte und diese vor Freude über das Erwachen des neuen Tages sanft erröteten, grüßte sie der Kirchturm als erster:

„Seid mir gegrüßt, ihr Berge, ihr steinernen Zeugen der Herrlichkeit Gottes, seid mir gegrüßt!“

Die Bewohner der kleinen Ortschaft waren fromme Leute und gingen regelmäßig in ihre Kirche. Dort beteten sie, trugen Gott ihre Sorgen vor, beichteten die eigenen und die Sünden ihrer Nachbarn und sangen fromme Gesänge. Der Kirchturm wurde von ihnen nur wenig beachtet. Die Ziffern der Sonnenuhr waren schon lange verblaßt und die richtige Turmuhr stand schon seit Menschengedenken still. Nur, wenn die Glocken zum Ave oder zur Sonntagsmesse läuteten oder gar das Zügenglöcklein bimmelte, blickte mancher zum Kirchturm auf und nur alle hundert Jahre einmal verstand ein Mensch die Mahnung des Turmes.

So gingen die Jahre, Jahrzehnte und Jahrhunderte dahin. Der Turm wurde immer älter, aber nicht müde, Gott zu preisen. Tag für Tag grüßte er die Berge, den Himmel und die Sterne.

Da geschah eines Tages, daß ein vogelfreier Mann auf der Flucht vor den Verfolgern in jenes kleine Gebirgsdorf kam. Sein Gaul war vor wenigen Herzschlägen der wilden Jagd erlegen und keuchend erreichte der abgehetzte Mensch noch die Kirchentür, als seine Verfolger auch schon von den Pferden sprangen und ihr Triumpfgeschrei das sonst so stille Dorf erschreckte. Da flüchtete der Mensch in die Kirche, sah die Wendeltreppe, die im Turm in die Höhe führte und, von einem plötzlichen Gedanken getrieben, hastete er hinauf. Richtig, die Tür zur Glockenstube war offen und durch ein Fenster erblickte er das untere Ende der schmalen Eisenleiter, die außen am

Dach des Turmes bis zu dessen Spitze führte. Schon hörte er die schweren Tritte der Reisigen und ihre drohenden Stimmen. Da faßte er zum letzten Male Mut, schwang sich durch die Luke auf die Leiter hinaus und kletterte, der gähnenden Tiefe nicht achtend, immer höher hinan, bis er die Spitze des Turmes erreichte; mit letzter, verzweifelter Kraft erklomm er den Turmknauf, richtete sich am Kreuz in die Höhe und hielt sich an dessen Querbalken fest. Dann riß er sein Eisen heraus:

„Wer mir nahe kommt, ist des Todes!", kündete sein wilder Schrei; hierauf schlug er den Gürtel um das Kreuz, um seine Arme zu entlasten.

Seine Verfolger aber standen in der Glockenstube und berieten, was zu tun sei. Dem rechtlosen Kletterer, den die Verzweiflung getrieben hatte, zu folgen, getraute sich keiner. So beschlossen sie, am Orte zu verharren, bis jenen die Kraft oder der Mut verließe.

Der Mann aber, oben am Kreuz, begann ein trotzig Lied zu singen. Doch bald verstummte er. Die Sonne hatte schon lange den Zenit überschritten, und es wollte Abend werden. Da sah der Mann beim Kreuz, der in den grauen Hungerhütten der Stadt aufgewachsen war, staunend, wie die sinkende Sonne die Gipfel der Berge vergoldete. Dann wurde das Gebirge grau und die Schäfchenwolken begannen silbern zu leuchten, — langsam wurde es dunkel.

Der Mann blickte in die Tiefe. Es war Zeit, durch einen Sprung allem ein Ende zu bereiten. Lebend sollten ihn die Häscher nicht bekommen.

Doch auf einmal begannen die Berge zu glühen.

Zuerst graurot, dann immer heller leuchtend, bis das blutige Rot immer höher stieg und die Gipfel brennend vor dem dunkelnden Himmel standen. —

Noch nie hatte er soviel Schönheit gesehen. —

Und dies war einer jener seltenen und doch so heiligen Augenblicke, daß ein Mensch den Mahnruf des alten Turmes hörte und verstand:

„Sieh doch, die Berge leuchten, kann ein anderer als der Herr sie so erglühen lassen?"

Da brach des Mannes starrer Sinn. Zum ersten Mal in seinem Leben betete er. Dann rief er mit heiserer Stimme nach seinen Verfolgern. –

Und wieder vergingen Jahre, Jahrzehnte und Jahrhunderte. Der uralte Kirchturm stand immer noch, wies wie ein Finger Gottes gegen das Firmament und wurde nicht müde, den Herrn zu preisen.

Tag für Tag grüßte er die Berge, den Himmel und die Sterne. Aber nur einmal alle hundert Jahre verstand ein Mensch den Mahnruf des Turmes.

Der stolze Pfirsich

In einem großen Obstgarten stand einmal ein Pfirsichbaum. Es war Herbst und seine Äste bogen sich unter der Last vieler saftiger Früchte, deren zarte Haut wie Samt glänzte. Die Sonne lachte vom blauen Himmel und ein sanfter Wind ließ die Äste des Pfirsichbaumes leicht auf- und abwogen. Das war für die Pfirsiche so schön und einschläfernd, daß sie, einer nach dem anderen, entschlummerten und selig davon träumten, eines Tages von einer Prinzessin verspeist zu werden.

Plötzlich schraken alle auf, denn einer von ihnen hatte aus dem Schlummer heraus laut und schrill gerufen:

„Ich nicht! — Ich nicht!"

Einige Pfirsiche, die ganz oben auf den höchsten Ästen hingen, erschraken derart, daß sie hinunter auf den Boden purzelten; sie waren aber auch schon überreif gewesen.

Die anderen sahen sich nach jenem Pfirisch um, der sie so unsanft aus dem Schlaf geweckt hatte.

Mitten im Baum hing er und war einer der schönsten. Als sie ihn neugierig musterten, schämte er sich ein wenig und wiederholte leiser, aber bestimmt: „Ich nicht!"

„Was willst du damit sagen?", erkundigte sich einer seiner nächsten Nachbarn.

„Ich lasse mich nicht essen!", gab der schöne Pfirsich zur Antwort.

„Ha, ha, ha", lachten da die anderen Pfirsiche, „und deshalb erschreckst du uns so sehr?"

„Es wird doch wohl kaum etwas nützen, ob du dich essen lassen willst oder nicht. Wer kümmert sich denn schon um deine Wünsche?

Ganz abgesehen davon, gibt es für unsereinen nichts Schöneres, als gegessen zu werden!"

„Zum Beispiel von einer jungen, hübschen Prinzessin mit rotem Mund!", rief vorlaut ein junger Naseweis, der zur Hälfte noch ganz grün war.

„Es muß ja keine Prinzessin sein", brummte hierauf ein sehr großer, etwas überreifer Pfirsich, „mich würde es mehr freuen, wenn ich einem armen Kindlein geschenkt würde, — ho, ho, wie will ich saftig sein, wenn es mich ißt!"

Ein anderer Pfirsich aber meinte leise und verträumt:

„Ach was, Prinzessin, wißt ihr nicht, wie sehr es kranken Kindern oft nach Pfirsichen gelüstet? Ich möchte von einem kranken Kind gegessen werden, damit es wieder gesund wird!"

Und so redeten alle durcheinander und jeder wollte auf andere Weise gegessen werden. Nur der stolze Pfirsich rief plötzlich wieder:

„Ich nicht! Ich lasse mich überhaupt nicht essen, weder von Prinzessinnen, noch von kranken Kindern!"

In diesem Augenblick kam ein Mann in blauen Hosen und einem weißen Hemd, der in der Hand einen großen Korb trug.

„Vielleicht nimmt er mich!", jubelte der Überreife, der so gern von einem kranken Kind gegessen werden wollte — und tatsächlich, mit dem ersten Griff hatte ihn der Mann vom Baume genommen und sorgfältig in seinen Korb gelegt. Einen Pfirsich nach dem anderen pflückte der Gärtner.

Der große, stolze Pfirsich aber versteckte sich sorgsam hinter einigen Blättern; als der Korb gefüllt war, ging der Gärtner hinweg, ohne den schönen Pfirsich bemerkt zu haben.

„Seht ihr, ich lasse mich nicht essen!", triumphierte dieser.

Doch schon nahte die nächste Gefahr. Die Frau des Gärtners kam herbei und wollte einige Pfirsiche zum Nachtisch holen, denn sie erwartete Gäste. Bald entdeckte sie auch den stolzen Pfirsich, obwohl er sich hinter den Blättern zu verstecken suchte.

„Ei, sieh doch, welch ein herrlicher Pfirsich!", rief sie fröhlich und streckte schon den Arm aus, ihn zu pflücken, als es der Zufall wollte, daß sie mit ihren nackten Füßen auf eine Biene trat, die sich wehrte und ihren Stachel gebrauchte. Jammernd lief die Frau davon.

„Seht ihr, ich lasse mich nicht essen!" rief wieder der stolze Pfirsich, aber es hätte genügt, wenn er gerufen hätte: „Siehst du –", denn außer ihm hing nur noch der kleine Pfirsich am Baume, der unbedingt von einer Prinzessin verspeist werden wollte.

„Hast du nicht die Biene gesehen, auf die das Weib trat?", meinte der Kleine.

„Nein", antwortete der Große, „ich war so bedacht darauf, nicht gepflückt zu werden, daß ich weder etwas sah, noch hörte."

„Ach?", wunderte sich der kleine Pfirsich, „es ist doch die Erfüllung unseres Lebens, eines Tages ..."

Er kam in seiner Rede nicht weiter, denn nun sprang die kleine Tochter des Gärtners herbei, der die Mutter von dem schönen Pfirsich erzählt hatte. Allein, das Mädchen war klein und der schöne Pfirsich hing hoch. Da versuchte sie, das Bäumchen zu rütteln und zu schütteln, aber der Pfirsich hielt sich fest, so fest, daß er nicht hinunterfiel.

„Schade," meinte das Kind, pflückte den Kleinen und aß ihn auf.

Die nächsten Tage kümmerte sich niemand um den Pfirsich, der nun einsam und allein an seinem Aste hing und nur manchmal vor sich hinmurmelte: „Ich lasse mich nicht essen, nein, ich nicht!"

Eines Tages aber kam eine große, gelb- und schwarzgestreifte Wespe und ließ sich mitten auf dem Pfirsich nieder.

„Willst du wohl von mir verschwinden!", rief dieser empört.

Die Wespe aber gab ihm gar keine Antwort. Ritsch, ratsch, biß sie durch die zarte Haut in den Pfirsich hinein.

„Au weh!", schrie er, „wirst du sofort aufhören?"

Die Wespe aber biß um so herzhafter zu. Als sie gesättigt war, flog sie, ohne ein Wort des Dankes, wieder fort. Der stolze Pfirsich aber hatte nun ein kleines Loch in seiner Haut. Kein großes, denn die Wespe war ja viel kleiner als der Pfirsich, aber von nun an fühlte er sich ein wenig krank. Es hatte ihn auch schwer gekränkt, daß er, wenn auch nicht gegessen, so doch angebissen worden war.

In der Nacht regnete es und am nächsten Tag war um die Bißstelle ein kleiner, brauner Fleck, der von Tag zu Tag größer wurde. So begann der große, schöne, rote Pfirsich langsam faulig zu werden.

Immer noch aber murmelte er vor sich hin: „Ich lasse mich nicht essen, ich nicht!"

Jetzt aber gab es niemanden, der ihn mehr ernst genommen hätte, denn wer möchte schon einen angefaulten Pfirsich essen?

Einige Tage später ging wieder der Gärtner durch den Garten, sah den faulen Pfirsich, sagte „Pfui!", pflückte ihn und warf ihn auf den Misthaufen.

„Schade", meinte er, „das muß einmal ein sehr schöner Pfirsich gewesen sein. Wieso ich den nur übersehen konnte?"

Dann pfiff er sich ein kleines Liedchen und machte sich daran, ein Blumenbeet zu jäten.

Der stolze Pfirsich aber wurde von den Ameisen und Mistkäfern verzehrt.

Der Opferstock

Es war einmal eine alte Kirche mit einem hohen Turm. Jeden Sonntag versammelten sich die Gläubigen, um in ihr zu beten und Gott durch fromme Gesänge zu loben. Und wenn der greise Pfarrer predigte, wurde so manches harte Herz weich, denn der alte Pfarrer hatte ein langes Leben hinter sich, kannte die Not der Menschen und die Bitternis der Herzen.

Knapp neben der Kirchentür aber stand ein einsamer Opferstock. Auch die ältesten Leute im Flecken konnten sich nicht erinnern, daß der Opferstock einmal neu gewesen wäre. Wahrscheinlich war er genau so alt wie die Kirche selbst. Wie immer dem sei, niemand machte sich über solches Gedanken, denn wer wollte sich schon seinen Kopf über einen alten Opferstock zerbrechen?

Der Opferstock selbst aber stand stramm und kerzengerade, mit gewaltigen Schrauben befestigt, hinten in der Kirche. Er war ständig beschäftigt: sobald der Küster des Morgens die ersten Glocken läutete, begann der Opferstock die Münzen, die in seiner Höhlung verborgen lagen, zu zählen. Ein um das andere Mal. Er war nämlich sehr genau und dachte immer, er könnte sich geirrt haben. Sobald aber jemand die Kirche betrat, hörte der Opferstock zu zählen auf und begann zu rufen: „He, Hallo! — du, Sepp, hast keinen Groschen übrig?" oder „Hoppla, Herr Oberlehrer, schau nicht weg, wenn du an mir vorbeigehst!" oder „Arme Kräuterliesl, ich weiß zwar, daß du nicht viel dein eigen nennst, aber einen Groschen könntest du schon für mich riskieren!" Da er alle Leute des Fleckens von Kindesbeinen an kannte, sprach er alle mit „du" an. Ausnahmen machte er nur bei Sommergästen oder gar Ausländern, denen gegenüber er immer etwas verlegen war. Die Ausländer konnte er ohnehin nicht recht leiden, denn die Wechselkurse der

Nationalbank wurden in der Kirche nie verlesen, sodaß der alte Opferstock bei fremden Münzen nicht recht wußte, wie hoch oder tief er sie einschätzen sollte. Er wußte daher auch nie, wie er sich bei Ausländern bedanken sollte. Man konnte doch nicht sagen: „Bester Herr, herzlichen Dank für Ihre großherzige Spende!", wenn sich später herausstellen sollte, daß die „großherzige Spende" nicht einmal einen Groschen wert war. Also hatte der alte Opferstock beschlossen, sich bei allen Ausländern mit einem einfachen „Vergelt's Gott!" zu bedanken. Der Herrgott würde schon wissen, wie viel die Spende wert war.

„So ein Unsinn", brummte er manchmal vor sich hin, „können denn die Leute nicht alle das gleiche Geld verwenden? Wer soll sich denn auf die Dauer auskennen mit Schilling, Mark, Kronen, Pfund und Franken? Ist es nicht genug, daß ich im eigenen Land schon mehrmals umlernen mußte?"

Der Pfarrer pflegte den alten Opferstock nur einmal des Jahres zu öffnen. Zu Weihnachten. Mit dem Geld, das er im Opferstock fand, kaufte er für die armen Kinder des Ortes schöne Weihnachtsgeschenke, warme Fäustlinge, Wollschals, dicke, rote, grüne oder gelbe Westen, Hausschuhe, Gebetbücher und, wenn ein wenig des Geldes übrigblieb, auch Äpfel, Schokolade und Nüsse.

Oh, wie sich der alte Opferstock jedes Jahr auf Weihnachten freute! Wochenlang vorher schon zitterte er dem Augenblick entgegen, da der Pfarrer mit dem großen, rostigen Schlüssel kam, unter Ächzen und Stöhnen das schwere Vorhängeschloß öffnete, die Münzen herausnahm und im Licht einer Kerze zu zählen begann. Obwohl der alte Opferstock auf Heller und Pfennig genau wußte, wieviel er besaß, war er doch jedesmal aufgeregt, ob der Pfarrer auch die gleiche Summe herausbringen würde. Noch viel mehr zitterte er vor dessen Urteil.

Wie war der Opferstock glücklich, wenn der Pfarrer sagte: „Sehr schön, wirklich fein. Ich hätte nicht geglaubt, daß meine Schäflein so großzügig sind. Es ist doch gut, so einen braven alten Opferstock hier stehen zu haben." Der Küster aber war meist anderer Meinung und brummte stets: „Wenig genug ist drinnen, Hochwürden! Wenig genug. Sehr angestrengt haben sich eure Schafe ja gerade nicht!"

Wenn der alte Opferstock solche Worte hörte, wurde er immer sehr, sehr traurig. Glaubte er doch, daß es ganz allein seine Schuld gewesen sei, wenn die Gläubigen versagt hatten.

Da geschah es eines Tages, daß der hochwürdigste Herr Bischof dem alten Pfarrer, dessen Haupt schlohweiß geworden war, einen jungen Kaplan zur Hilfe gab. Dieser hatte in der Stadt studiert und glaubte, die Welt im Sturm erobern zu können.

Alles wollte er verbessern, — das Altartuch war nicht weiß genug, die Kanzel mußte neu gestrichen werden, die alten, fast schwarz gewordenen Heiligenbilder wurden gegen moderne ausgetauscht, bei welchen man nicht wußte, wo „oben" und „unten" war und täglich wurde in der alten Kirche nun gezimmert und gehämmert, gestrichen und geschweißt. Bald strahlte das Gotteshaus in neuem Glanz, alle Schäden waren beseitigt, was vordem dunkel und geheimnisvoll, war jetzt licht und hell.

Den alten Opferstock aber hätte der Herr Kaplan nur allzugerne ebenfalls entfernen lassen. Die altmodische Form schien ihm unpassend und am liebsten hätte er ihn durch einen neuen, modernen Opferstock ersetzt. Da aber widerstrebte der greise Pfarrer und sprach ein Machtwort. Der alte Opferstock blieb. —

Und wieder einmal war Adventzeit und das heilige Weihnachtsfest stand nahe bevor. Der alte Opferstock war zufrieden, denn in seiner Höhlung barg er eine ansehnliche Summe

Geldes. Er freute sich schon sehr auf das Glück des alten Pfarrers und wie der junge Kaplan beschämt sein würde, sobald er den Reichtum sah. Nicht einmal schlafen konnte der Opferstock vor Aufregung und alle Nächte zählte er die Kupferstücke und ärgerte sich über ein paar ausländische Münzen.

Da, gerade in der Nacht vor dem Sonntag „Gaudete", hörte er ein ungewohntes Geräusch in der Kirche. Leise Schritte kamen näher, dann flutete das Licht einer Blendlaterne über den Opferstock und eine heisere Stimme flüsterte: „Hier steht er".

Zwei Männer mit Masken über den Augen beugten sich über den Opferstock und versuchten, seine Verschraubung zu lösen. Es mißlang ihnen aber.

„Wir müssen die Brechstange nehmen!"

„Rasch, rasch, aber leise!"

Zutiefst erschrocken erfaßte der Opferstock, daß er zwei Räuber vor sich hatte. Oft genug war vom alten Pfarrer über Diebe und Räuber gepredigt worden.

„Mein Geld", jammerte der Opferstock verzweifelt, „ich bitte euch, laßt mir mein Geld! Seht, es ist ja nicht für mich, aber wollt ihr dem alten Herrn Pfarrer die letzte Lebensfreude rauben? Wer weiß, ob er das nächste Weihnachtsfest noch erlebt! Habt Erbarmen, es doch für die armen Kindlein! Laßt ab von mir, laßt ab!"

Die Räuber aber kümmerten sich nicht um das Flehen des Opferstockes. Schon hatte einer der beiden ein Brecheisen aus der Tasche genommen, schon knirschte und krachte es, aber siehe! — der Opferstock hielt stand.

„So geht es nicht!", brummte der Mann, „wer hätte gedacht, daß der alte Kasten so fest ist? Wir müssen Schneidbrenner nehmen."

„Das verursacht Lärm und Licht!", warnte der zweite.

„Kein Mensch kommt um diese Zeit in die Nähe der Kirche," wehrte der Erste ab und begann sogleich, den Schneidbrenner in Gang zu setzen. Dann entzündete er die Flamme, die zischend brannte.

Der Opferstock ahnte nichts Gutes, es kam aber viel schlimmer, als er je gedacht hätte. Die Flamme brachte seine eiserne Hülle zum Erglühen und bald gähnte ein Loch in seiner vorderen Wand.

Schon glaubten sich die Räuber am Ziel ihrer Wünsche, als ein Ereignis eintrat, mit dem sie nicht gerechnet hatten.

Am gleichen Abend war nämlich der alte Pfarrer schwer erkrankt. Der Mesner hatte die halbe Nacht bei ihm gewacht, doch endlich war der Pfarrer energisch geworden und hatte ihn nach Hause geschickt. Auch ein Mesner müsse schlafen und am nächsten Tag harre doppelte Arbeit auf ihn. So kam es, daß der Küster mitten in der Nacht an der Kirche vorbeiging. Plötzlich blieb er stehen. Im fahlen Schein des Mondes konnte er erkennen, daß die Kirchentüre, die er doch abends fest abgeschlossen hatte, ein wenig offen stand. Kopfschüttelnd wollte er sie schließen, als er das Geräusch des Schneidbrenners vernahm. Sofort erfaßte er die Sachlage, sperrte rasch die Kirchentüre ab und schrie laut gellend um Hilfe.

Den Räubern, denen keine Zeit blieb, das Geld aus dem glühend heißen Opferstock zu nehmen, waren froh, als es ihnen gelang, durch ein offenes Fenster der Sakristei zu flüchten.

Am nächsten Tag besahen sich der Kaplan und der Küster den Schaden. Wenn der Opferstock auch schwer verwundet war, so war er doch stolz darauf, daß ihm letzten Endes nichts geraubt worden war. Seit frühestem Morgen schon hatte er gezählt und immer wieder gezählt, um sich ja zu vergewissern, daß auch nicht eine Münze fehle.

Der Kaplan aber und der Küster waren weniger begeistert. Sie nahmen die Kupfer- und Silberstücke an sich, wobei sie nicht einmal einen Schlüssel benötigten, sondern einfach durch das Loch in den Opferstock griffen, was diesen sehr kränkte.

Einige Tage später aber kam der Schmied, löste die Schrauben und verlud den Opferstock auf seinen Pferdewagen. Der alte Pfarrer hatte ihn beauftragt, denselben wieder herzustellen. Bevor aber der Mond um war, schloß der greise Pfarrer die Augen für immer.

Der junge Kaplan, dem der alte Opferstock schon lange ein Dorn im Auge gewesen war, bestellte einen neuen, modernen aus der Stadt. Als nun einige Wochen später der Schmied mit dem wiederhergestellten alten Opferstock zum Pfarramt kam, wußte der Kaplan nicht recht, was er mit ihm anfangen sollte. Er ließ den Kirchenrat kommen. Nach längeren Überlegungen wurde beschlossen, den alten Opferstock auf dem Friedhof aufzustellen. Vielleicht, daß man so Spenden für die Erhaltung der Gräber anhanglos gestorbener Personen zusammenbringen könnte.

So stand der alte Opferstock alsbald am Friedhof und verrostete langsam aber sicher. Und eines Tages — es hatte stark geregnet —, gab der Boden etwas nach, der Opferstock neigte sich und fiel langsam vornüber. Niemand dachte daran, ihn wieder aufzustellen, niemand, ihn wegzutragen, niemandem diente er, niemandem lag er im Wege.

Alsbald überwucherte ihn Gras und Unkraut. Manchmal träumte der alte Opferstock von vergangenem Glück, wie er die Münzen für die armen Kindlein gezählt hatte und dann murmelte er im Traum: „Eins, zwei, drei, ... vier, ... fünf, ... sechs, ... sieben, ...", weiter kam er nicht mehr, denn er hatte allmählich das Zählen verlernt. Bald aber wurden auch diese Träume immer seltener und dann schlief er den langen, langen Schlaf.

Schließlich bauten Erdwespen in seiner Höhlung ihr Nest.

Der gute Richter und der böse Bauer

In einer kleinen Stadt lebte einst ein Richter. Wenn er ein Verbrechen untersuchte, so führte er ein gar strenges Verhör. Doch beim Prozeß, wenn der Staatsanwalt eine harte Strafe beantragte, war sein Urteil mild. Wollte der Staatsanwalt fünf Jahre Gefängnis, so begnügte sich unser Richter mit drei Jahren, donnerte der Staatsanwalt ein „lebenslänglich" in den Saal, erwog der Richter das Alter des Angeklagten und richtete sein Urteil so ein, daß diesem noch immer eine Hoffnung blieb, das Gefängnis lebend zu verlassen.

Die Leute nannten ihn deshalb den „guten Richter".

Außerhalb der Stadt lebte auf seinem Hof ein Bauer. Er war groß und kräftig, doch sein Auge blickte finster.

Das war nicht immer so gewesen. Vor vielen Jahren war er ein lustiger Bursche, der den Hof seines Vaters übernahm und das Mädchen, das er liebte, heimführte. Sein Glück war vollständig, als seine Frau ihm ein „süßes Geheimnis" anvertraute, doch sie starb kurz nach der Geburt eines Mädchens.

Von diesem Tag an sah man den Bauern weder scherzen noch lachen. Grob fuhr er seine Knechte an, hart war er auch zu dem Kind, das er doch über alles liebte.

Niemand ahnte, was in seinem Herzen vorging und die Leute nannten ihn nur den „bösen Bauern".

Die Jahre vergingen. Das Mädchen war zur Jungfrau erblüht und wurde Tag für Tag seiner Mutter ähnlicher. Je mehr es jedoch den Vater an seine große, verlorene Liebe erinnerte, um so wortkarger und jähzorniger wurde er.

Da geschah es eines Tages, daß er das Mädchen dabei überraschte, wie es auf dem Schoß eines Jungknechtes saß und von diesem geherzt und geküßt wurde. „Beschmutzt du das

Andenken deiner Mutter?", schrie der Bauer ergrimmt, riß das Mädchen aus den Armen des Knechtes, packte diesen beim Genick und schleuderte ihn gegen die Wand. Dann schloß er sich zürnend in seiner Kammer ein.

Der Knecht aber war so unglücklich gefallen, daß er sofort ins Krankenhaus mußte und dort nach zwei Tagen starb.

Der Gendarm kam, legte dem „bösen Bauern" Handschellen an und führte ihn ins Gefängnis.

Dort schrieb dieser einen Brief an seine Tochter, wie sehr er ihre Mutter geliebt habe und auch sie liebe, bat sie, ihm zu verzeihen und ihn zu besuchen, da er ihr manches zu sagen habe. Käme sie nicht, müßte er verzweifeln.

Auf die Fragen des Richters aber gab er keine Antwort. Er schwieg, was immer er gefragt wurde. Darob erzürnte der Richter: „Wie soll ich zu einem gerechten Urteil kommen, wenn du trotzest!" rief er, und ließ den bösen Bauern in eine Dunkelzelle sperren, bei Wasser und Brot. Den Antwortbrief des Mädchens aber nahm er an sich, da der Bauer im Finsteren ja doch nicht lesen könne und verweigerte auch jeden Besuch. „Erst muß er sprechen, dann sehen wir weiter", war seine Antwort auf die Bitten des Mädchens.

Nach zwei Wochen ließ der Richter die Dunkelzelle öffnen, doch zu seinem Entsetzen hatte sich der böse Bauer inzwischen selbst gerichtet ...

*

Viele Jahre später, als auch der gute Richter schon das Zeitliche gesegnet hatte, traf seine Seele die des bösen Bauern im Fegefeuer.

„Guten Tag", sprach der Bauer, „freut mich, Euer Ehren auch hier zu treffen." „'n Morgen", gab der Richter zur Antwort und strich sich mit der Hand den Schweiß von der Stirne, „eigentlich wundert es mich, Sie hier zu sehen; ich hätte gedacht, Sie wären nicht hier, sondern, na ja, lassen wir das."

„Groß ist Gottes Gnade", murmelte der Bauer, „ich wunderte mich selbst, nicht in der Hölle gelandet zu sein, doch ER, der in die Herzen blickt, wird schon wissen, was ER tut."

„Das mag schon stimmen", gab der Richter zu, „trotzdem, wenn ich alle Umstände abwäge, finde ich es nicht ganz gerecht, daß wir zwei jetzt am gleichen Platz ..."

Ein furchtbarer Donnerschlag ließ den Richter nicht weitersprechen. Und eine Stimme wie Metall und Erz dröhnte: „Wer kritisiert hier Gottes Gerechtigkeit?" Alle Seelen blickten erschrocken nach oben. Wieder erklang die Stimme: „Warst du im Leben nicht der ‚gute Richter', den alle liebten und ehrten? Allein — hattest du keine Schuld am Tode des Bauern, den du in die Dunkelzelle sperren ließest, wo er verzweifelte? Ich beantrage zwei Jahrhunderte mehr für dich im Fegefeuer!"

Doch eine sanfte Stimme sprach und es klang wie Glas im Meer: „Wir wollen es bei einem Jahrhundert bewenden lassen."

Und dabei blieb es.

Ob Zufall oder Fügung: der gute Richter und der böse Bauer sahen sich im Fegefeuer nicht wieder.

Sie trafen sich erst nach genau zwei Ewigkeiten im Himmel, doch da hatten sie anderes zu tun, als zu streiten.

Sie grüßten einander ernst und gemessen und sangen aus voller Brust weiter im Chor der Seeligen.

Der Richter als Bariton, der Bauer als zweiter Baß.